Une légère oscillation

Éditions Favre SA
29, rue de Bourg – CH-1003 Lausanne
Tél. : +41 (0)21 312 17 17
lausanne@editionsfavre.com
www.editionsfavre.com

Groupe Libella, Paris

Dépôt légal en Suisse en août 2022.

Cet ouvrage a été achevé d'imprimer
par Pulsio Sarl, Paris en juin 2022
Imprimé en UE

Photo de couverture : Adobe Stock
Mise en pages intérieure et couverture : Iuna Allioux

ISBN : 978-2-8289-2024-1

Les Éditions Favre bénéficient d'un soutien structurel de l'Office fédéral de la culture pour les années 2021-2024.

Clément Baudouin

Une légère oscillation

FAVRE

De la méditation naît la sagesse.

Bouddha

Rien n'est particulièrement difficile si on le subdivise en petites tâches.

Henry Ford

1

Des drapeaux à prières tibétains flottant paresseusement au vent me confirment que je suis bien arrivé à destination. Devant moi, un bonze en terre cuite garde un chemin menant à une haute demeure à l'aspect défraîchi. Je stationne ma voiture sous un tilleul effeuillé et récupère ma minuscule valise dans le coffre. À l'intérieur, un jogging, trois tee-shirts, quelques sous-vêtements, une trousse de toilette. Le strict minimum. Aucun livre, aucun objet de distraction.

D'un pas lourd, je me dirige vers l'entrée et presse un bouton serti d'une clochette. Le grelot d'un carillon désaccordé me parvient. L'esprit vide, j'attends quelques instants avant que la porte ne s'ouvre avec fracas, laissant passer une jeune femme à l'énergie débordante.

– Bienvenue au centre Rimpoche ! claironne-t-elle, en me tendant une main douce et soyeuse.

Je suis Vanessa, la responsable du centre. Accessoirement aussi, *community manager* de plusieurs sites Vipassana, comme on dit en bon français ! Et vous êtes ?

– Thomas Dutertre, je viens pour la retraite méditative... dis-je faiblement en retirant prestement ma main de la sienne.

– Très bien, Thomas, entrez donc ! Je vais vous enregistrer et vous faire visiter les lieux. C'est la première fois que vous venez ici ? Vous êtes familier de la méditation ?

– Oui, enfin... non... en fait, je n'ai jamais médité...

– Génial ! Quelle chance vous avez ! Vous verrez, vous allez être entre de bonnes mains avec Arnaud. C'est un initiateur et un accompagnateur hors pair pour découvrir Vipassana. Profond et inspirant, je dirais... Il n'y a qu'à voir tous les commentaires sur les réseaux sociaux, j'en ai encore indexé toute une flopée ce matin sur le site de la communauté Rimpoche. Mais entrez donc, ne restez pas dehors !

Mécaniquement, j'avance dans un vestibule drapé de tentures mordorées. Des tapis aux motifs vaguement orientaux garnissent le sol. Une odeur âcre et entêtante d'encens embaume l'atmosphère. À travers une porte entrebâillée, j'aperçois sur le fond à droite une sorte de réfectoire. Quelques notes de sitar s'échappent d'une enceinte Bluetooth, ajoutant au tableau d'ensemble un faux air de restaurant indo-pakistanais de seconde zone.

Timidement, je m'approche de la jeune femme réfugiée derrière un ordinateur MacBook posé sur un pupitre envahi de brochures. Pendant qu'elle *checke* mon arrivée sur son écran, je jette un coup d'œil distrait aux prospectus : massage ayurvédique, coaching spirituel, produits biodynamiques, cosmétiques indiennes, cours de cuisine végane... Des prestations aussi exotiques que les tarifs indiqués.

– Allez-y, servez-vous, c'est fait pour ça ! Si vous voulez des renseignements, n'hésitez pas. L'accompagnement individuel, par exemple, peut être un excellent approfondissement de la méditation de groupe, lance-t-elle sans lever les pupilles de son écran bleuté.

– Pourquoi pas, dans un second temps... dis-je sans conviction, surtout pour ne pas froisser mon admirable boutiquière.

– Avec plaisir, vous verrez peut-être à l'issue de votre retraite. Mais vous avez raison, l'important, c'est d'abord de vivre pleinement ces cinq jours ! Venez Thomas, je vais vous montrer votre chambre.

Tirant ma petite valise, je tente laborieusement de suivre la cadence imprimée par ma charmante hôtesse. Nous nous engouffrons dans un interminable couloir qui débouche sur une porte vitrée. Vanessa la pousse sans se donner la peine de la retenir derrière elle. Devant nous, un bâtiment, tout aussi décati que le précédent.

– C'est un ancien couvent de bonnes sœurs. Un lieu idéal pour se ressourcer et pour se recentrer sur soi. Dalva dit qu'il est habité de forces telluriques qui favorisent la circulation des énergies et la libération de l'esprit.

J'enregistre cette information sans poser de question. Je n'ai qu'une envie : poser mon baluchon, m'affaler sur un lit et surtout qu'on me foute la paix... Tandis que nous traversons toujours au pas de course un patio herbagé, un jappement joyeux me force à détourner la tête. En moins de deux, une truffe humide s'est jetée sur moi pour me renifler le bout des doigts.

– Eh bien, je crois que Siddhârta vous a déjà adopté !

En effet, ce feu follet noir et blanc est maintenant en train de me labourer les mollets. En dépit de mon humeur maussade, cette éruption exubérante m'arrache un sourire. Le border collie court, vire, marque l'arrêt, s'étend de tout son long, puis saute comme un possédé, décrivant autour de nous des trajectoires dénuées de toute géométrie.

– C'est Dalva qui l'a trouvé un jour où elle s'était retirée dans une grotte pour méditer. Quand elle l'a amené ici, il était aussi déplumé qu'un moineau tombé du nid. Nous l'avons recueilli, nourri au biberon et depuis, il ne nous quitte plus ! Il fait le fou avec tout le monde, sauf avec Dalva. Avec elle, il est aussi calme qu'un méditant.

Admettons... Mais là, il est en train de me dépouiller de mes clefs de voiture et menace de me faire tomber à chaque enjambée.

– Allez Siddhârta, va faire ton numéro ailleurs, fini les cabrioles !

Las, le canidé doit être aussi obéissant qu'indiscipliné... Avec sa queue en virgule qui mouline comme une hélice désaxée, il n'en a visiblement pas terminé avec sa séance de salutations appuyées. Habituée à ses effusions, Vanessa finit par le réprimander, cette fois sans ménagement.

Après cet intermède baveux et poilu, nous parvenons enfin au refuge des moniales semblable à un internat délabré. Empruntant un autre couloir lugubre, Vanessa stoppe enfin au numéro 26.

– Et voici votre chambre Thomas ! m'annonce-t-elle fièrement. Je vous laisse vous installer. Vous retrouverez le reste du groupe dans la salle de méditation, derrière le hall, d'ici un petit quart d'heure ?

Sans attendre ma réponse, elle a déjà tourné les talons.

Épuisé, je m'écroule sur le lit qui pousse un geignement de ressorts fatigués. Je scrute un moment les multiples fissures qui lézardent le plafond. À certains endroits, des écailles de peinture pendillent comme des lambeaux desséchés. Une table de nuit jaunâtre et une commode en contreplaqué égaient tristement ma cellule monacale. Pour une retraite méditative, je ne m'attendais pas à un quatre étoiles. Mais avec les 800 euros dont je me suis délesté, j'aurais tout de même apprécié de dormir dans une literie convenable... Bien, passons sur l'état des lieux, me dis-je, sans parvenir à me départir totalement de cette déconvenue logistique.

Après avoir trouvé le courage de vider mes affaires dans des tiroirs à la propreté douteuse, je refais le chemin en sens inverse. Je n'ai aucune peine à trouver la salle de méditation, en suivant les indications de Vanessa. Me déchaussant comme m'y invite un pictogramme à l'entrée, je pénètre dans ce qui s'apparente, au premier coup d'œil, à un dojo kitch. D'un signe de la main, je salue ceux que je préjuge être mes compagnons d'infortune. Une dizaine de personnes se tiennent debout, les bras ballants. Des hommes, des femmes de tous âges, visiblement mal à l'aise, inspectant les lieux ou leurs chaussettes pour se donner une contenance.

Dérouté par ce spectacle mutique, je laisse traîner mon regard sur ce qui va devenir l'épicentre de ma vie confinée durant ces prochains jours. Les murs sont flanqués d'affiches mêlant, au choix, des bougies, des rivières, des montagnes enneigées ou des fleurs de lotus. Je remarque également, accrochés au-dessus d'un gong métallique, deux portraits : le premier, en noir et blanc, avec sa barbe nourrie et sa crinière blanche soigneusement peignée m'évoque un gourou indien ; le second, avec son col Mao, me rappelle plutôt un père franciscain, la soutane et la croix en moins. Je ne sais de quel mérite ou de quelle autorité spirituelle procèdent ces deux vénérables personnages, mais avec leurs airs illuminés, ils me paraissent d'emblée aussi suspects que le reste du décorum.

J'étudie à présent les coussins brodés et les petites couvertures méticuleusement pliées sur une étagère, lorsque je le vois s'avancer par l'embrasure de la porte. La démarche céleste, la silhouette éthérée, le visage baigné de lumière : notre maître Vipassana fait son entrée tel un pontife romain. Aussitôt, tous les regards se braquent vers lui et, gouvernés par un mouvement spontané, nous formons un demi-cercle autour de sa personne. Sourire énigmatique posé sur les lèvres, le maître nous détaille chacun à notre tour dans un long face-à-face hypnotique. Enfin, il rompt le silence d'une voix curieusement pointue.

– Bonjour à tous, je suis Arnaud, votre instructeur Vipassana. Je suis ravi de vous accompagner pour ce voyage intérieur que nous allons entreprendre ensemble.

Plein de gravité, il s'assied ensuite en tailleur sur le parquet, sitôt imité de nous tous. Les mines autour de moi, tout à l'heure fuyantes, s'éclairent désormais d'une attention confiante. Plus que ça, je décèle chez ma voisine de gauche quelque chose qui flirte déjà avec la piété.

– Qui que vous soyez, d'où que vous veniez, vous allez découvrir un trésor. Mais ce trésor, comme tout trésor, se mérite. Patience, humilité et confiance sont les vertus cardinales de la méditation de pleine conscience. Jean-Louis Lenghlet (j'en déduis qu'il s'agit du franciscain au col Mao) a, lors d'un voyage en Inde dans les années 60, découvert les bienfaits de Vipassana auprès de celui qui deviendra son maître, Sogyal Rimpoche (c'est donc lui le gourou indien). Cette pratique, issue de la plus pure tradition indienne, a été par la suite revisitée et adaptée par le docteur Lenghlet. C'est sa méthode que je vais vous enseigner. Ou plutôt, que vous allez vous-mêmes vous enseigner. Car vous le découvrirez par vous-mêmes, chacun a vocation à devenir son propre maître, son propre guide. Vipassana, formellement en sanskrit *connaissance par l'expérience*, est une démarche exigeante qui requiert efforts et abnégation. Mais, croyez-moi, le jeu en vaut la chandelle ! C'est un outil puissant qui mène à la paix, à la clairvoyance, à la joie authentique et au final qui permet d'accéder à *la Vérité de l'être.*

La Vérité de l'être, rien que ça... Au juste, je ne sais ce que cela signifie, mais cela doit être d'une grande profondeur car mes compagnons hochent la tête d'un air pénétré comme s'il s'agissait d'une révélation ontologique.

Notre instructeur poursuit sa leçon inaugurale, en s'appesantissant sur l'axiome central de Vipassana : le *Ici et maintenant.* Si je décrypte, il s'agit de laisser ses pensées parasites défiler, les laisser fuir, sans les retenir ou les combattre. *Il faut laisser décanter le mental singe qui se balance de branche en branche, désamorcer l'ego, ce hochet que nous agitons sans cesse pour nous rassurer.*

Soit.

Toujours dans son style inimitable, Arnaud nous enjoint *à accueillir ce qui vient, à ne pas juger, à faire preuve de bienveillance, d'empathie envers nous-mêmes, pour accomplir, en toute lucidité, ce chemin de purification intérieure.*

Double soit.

Pour atteindre ce qu'il dépeint ensuite, comme un état de *conscience éveillée,* il suffirait de se concentrer sur sa respiration. L'attention constante et continue à l'oscillation perpétuelle du souffle serait, à l'en croire, le viatique pour décrocher le *Nibbaña,* soit ni plus ni moins que la libération de la souffrance... Après tout, je n'en demande pas tant ! Et comme j'ai promis à Katia – c'est ma femme – de suivre avec zèle ce stage pour soigner mon atonie, je ravale mes sarcasmes.

Heureusement, Arnaud en a fini de son prélude doctrinal. À présent, il égrène le programme de la semaine : cinq jours de méditation, dont un (le quatrième), dans le strict respect du *Noble silence* ; séances de deux à trois heures ouvertes et clôturées par le gong ; repas pris en commun avec pour quelques-uns seulement la possibilité d'échanger à table ; nourriture végane spécialement concoctée pour *purifier notre corps en même temps que notre esprit.*

Arnaud nous énonce également quelques principes de base : aucun coup de fil, sauf motif impérieux ; aucun livre, montre, téléphone ou gadget connecté. Je prends note sans me formaliser de ces consignes. Cette abstinence ne troublera pas de beaucoup l'abattement dans lequel je suis plongé depuis des semaines. Cet état semi-végétatif qui fait de moi un être sans force motrice, sans volonté propre. Une sorte d'éponge usée, rabougrie et sans utilité.

Arnaud conclut enfin son propos par une présentation de ce qu'il nomme *la communauté des servants,* autrement dit l'équipe qui fait tourner le centre. En plus de Vanessa, qui nous a accueillis, il présente Vincent, son novice, en voie de perfectionnement pour devenir guide Vipassana ; Marie-Béatrix, la maîtresse cuisinière ; Georgen, l'homme aux doigts de fée qui s'adonne aux massages ayurvédiques à des prix indécents et la mystérieuse pénitente, Dalva, dont Vanessa m'a loué tout à l'heure les mérites canins. Autant de noms, de visages qui me deviendront bien vite familiers dans ma réclusion volontaire.

Les règles du jeu étant posées, Arnaud en vient maintenant à évoquer son parcours. Avant de se consacrer à la méditation, il nous apprend qu'il était un cadre commercial sans histoire. Suite à ce qu'il qualifie pudiquement de *rupture existentielle* – nous n'en saurons pas plus sur cet élément déclencheur – il se serait tourné, à l'occasion d'un voyage en Inde au début des années 80, vers le yoga tantrique. Idée incongrue, me direz-vous, pour se consoler d'une convulsion de jeunesse. Toujours est-il que dans son parcours initiatique, il se serait retiré dans un ashram de l'Himachal Pradesh. C'est là que sa route aurait croisé celle de l'éminent docteur Lenghlet.

Le coup de foudre est immédiat : *j'ai tout de suite su qu'il serait un père et un maître spirituel pour moi.* S'ensuit un panégyrique du grand homme, fondateur des premières communautés Vipassana en Suisse et en France. Je retiens surtout qu'il a définitivement poussé Arnaud dans les bras du *big boss* de la méditation : Sogyal Rimpoche. Bien que déjà très âgé dans les années 80, l'anachorète indien est alors au faîte de sa gloire. Considéré par ses fidèles comme l'égal d'une divinité, il a fondé soixante ans plus tôt une modeste communauté contemplative aux confins du Tibet et du Ladakh. Dans les années 60, quelques hippies égarés tombent par hasard sur cette paisible confrérie. Dans leur sillage, d'autres Occidentaux hirsutes en mal d'absolu viennent grossir les rangs des fidèles. L'aura de Rimpoche grandit et bientôt dépasse les frontières de l'Himachal Pradesh. Grâce à des disciples étrangers comme le docteur Lenghlet, les théories du mystique indien essaiment en Europe et aux États-Unis, et au fil des décennies, la petite entreprise de Rimpoche prospère jusqu'à devenir un véritable empire de la cause méditative. Lors de sa disparition à l'âge de 102 ans en 1997, le sage indien laisse derrière lui des milliers d'adeptes éplorés aux quatre coins du monde.

Au début des années 80, ébloui par l'enseignement du lama himalayen et encouragé par son mentor suisse, Arnaud décide de demeurer en Inde pour devenir à son tour instructeur Vipassana. Il franchit les différents niveaux d'initiation. Il achève son cursus par une retraite de trois mois, trois jours et trois heures, rite de passage obligé pour décrocher l'onction du gourou indien. Son sésame en poche, il rentre en France pour seconder le bon docteur Lenghlet, avant que ce dernier ne finisse, à son tour, par rendre l'âme au mitan des années 2000.

– Je devais passer une dizaine de jours dans cet ashram pour apprendre quelques rudiments de yoga, j'y suis resté trois ans pour marcher sur les traces de mon père spirituel. *Ainsi va la vie : comme la rivière, elle est traversée de courants contraires, mais toujours elle finit par s'écouler vers la mer...* conclut-il par cette ellipse dont, une nouvelle fois, la force métaphysique m'échappe.

Si j'en juge par l'œil luisant de ma voisine, ce récit d'apprentissage a cependant produit son effet. Quant à moi, les tribulations mystiques d'Arnaud me laissent de marbre. Je me contrefiche de son lignage. Je n'aspire qu'à une chose, qu'on en finisse avec tout ce boniment ! En dépit de mon manque d'allant, j'ai tout de même hâte de tester les vertus de la méthode sur mon psychisme cabossé. Car il faut croire que même embourbé dans mon marasme, il subsiste en moi une étincelle, une flammèche, bref, quelque chose qui s'apparente encore à de l'espoir.

Je vais devoir patienter encore un peu. En effet, le cérémonial impose qu'avant de démarrer une retraite Vipassana, chaque participant prenne son prochain dans les bras, tout en prononçant la phrase rituelle *je fais partie de toi.*

– Par ce geste, il s'agit de s'abandonner à l'autre. Parce que nous sommes tous interdépendants les uns des autres. C'est une démarche d'humilité pour neutraliser l'ego, *ce tyran qui obscurcit la pleine conscience.*

À l'énoncé de cette consigne baroque, je me raidis. Je suis certes au fond du trou, mais sûrement pas disposé à me précipiter dans les bras d'inconnus, fussent-ils mes condisciples de quelques jours. Avant mon crash, je n'étais déjà pas du genre tactile. Mais désormais, je suis comme une bête blessée qui ne tolère pas qu'on s'approche de trop près d'elle. Aussi, je n'ai aucunement envie de me livrer aux salamalecs répugnants d'Arnaud.

Et pourtant, observant mes camarades se prêter à l'exercice malgré leur air pincé, puis ma voisine fondre sur moi pour m'enlacer, je ne peux me dérober. Rigide comme un piquet, en apnée, je marmonne la formule consacrée, tout en me laissant tour à tour enserrer par la petite douzaine de péquins qui peuplent notre assemblée.

Ces simagrées étant consommées, je lâche un soupir de soulagement, tout en guettant avec appréhension la suite des opérations.

2

Après cette entrée en matière déconcertante, Arnaud nous invite à nous saisir d'un coussin, d'une couverture et à nous répartir dans la salle. Ne me faisant pas prier, je m'empare du matériel nécessaire à ma première séance Vipassana.

Assis en tailleur, notre guide, impassible, attend que chacun des participants ait pris place. Je me poste un peu à l'écart, sur un coussin qui s'affaisse entièrement sous mon poids. Légèrement à ma gauche, celle qui m'a enlacé la première, Noémie, le visage enfoui sous un plaid. En retrait sur ma droite, un homme de forte corpulence, cheveux graisseux et sourcils broussailleux : Jean-Jacques. Dans l'axe, Vincent, le novice, une baguette à la main, prêt à faire résonner le gong. Tel un sphinx impénétrable, Arnaud fixe intensément l'horizon. Un calme religieux enveloppe la pièce, à peine troublé par quelques froissements de vêtements.

D'un simple clignement de paupières, Arnaud intime enfin l'ordre à Vincent d'abaisser sa baguette. Un grondement violent me vrille les tympans. Tout mon corps tremble sous l'effet de la vibration. L'onde de choc passée, le lamento se poursuit en lancinantes oscillations. Même longtemps après que le gong s'est tu, il continue d'imprégner mes oreilles.

Au bout d'un temps qui me paraît interminable, une inflexion grave et caressante perce le silence. Se peut-il que ce soit la voix d'Arnaud, tant elle semble étrangère à celle de tout à l'heure ? Je n'ose pivoter la tête et ouvrir les yeux pour m'en assurer, mais cela vient bien de sa direction. La Voix nous parle avec une lenteur extrême, détachant chacune des syllabes comme s'il s'agissait d'un exercice de diction.

– Bien... Nous sommes en partance pour cette première séance de méditation guidée...

– Tout d'abord, je vous invite à fermer les yeux, à croiser vos jambes, à maintenir votre buste le plus droit possible... Les épaules bien dégagées... Prenez connaissance de votre ancrage au sol... Fixez votre attention sur vos pieds, puis remontez jusqu'à votre bassin...

Chaque phrase est ponctuée d'un silence appuyé. Avec son timbre de velours, la Voix poursuit.

– Maintenant, prenez conscience de vos mains, posées bien à plat sur vos genoux... Sentez le contact du tissu au niveau de vos paumes et de chacune de vos phalanges... Prenez conscience de votre posture, de la verticalité de votre buste... Le plus possible, conservez votre position immobile...

Le débit est toujours aussi traînant.

– À présent, concentrez-vous sur votre inspiration... Puis votre expiration... À chaque mouvement, étudiez le trajet de l'air entrant et sortant de vos narines... Sentez la fraîcheur de l'inspiration... Et la chaleur de l'expiration...

Consciencieusement, j'examine le souffle de l'air au niveau de mes muqueuses. Au début, je me congratule d'y parvenir avec facilité. Mais très vite, cet exercice répétitif m'ennuie. Mon attention s'érode et se disperse. Derrière moi, Jean-Jacques souffle fort. Vraiment fort... Grand Dieu, le fait-il exprès ? Il couvre de son ronflement ma propre respiration. Cela en devient agaçant ! Impossible de faire abstraction de ce vrombissement et de suivre l'exercice demandé ! Comment vais-je pouvoir tenir cinq jours assis sur un misérable coussin à côté d'une machine à vapeur ? Au fait, pourquoi Arnaud ne dit-il plus rien ?

Heureusement, la Voix reprend, toujours avec sa surprenante tessiture suave et posée.

– Maintenant, concentrez-vous sur le trajet de l'air à l'intérieur de votre corps, depuis votre nez, jusqu'à vos poumons... Suivez son parcours dans votre trachée… Sentez comment votre cage thoracique se gonfle, puis se vide… Tâchez le plus possible de respirer avec votre ventre. Voilà… Vous découvrez l'une des bases de la méditation : la respiration abdominale… Tel le ressac de la mer, l'air va et vient…

J'avise la soufflerie à ma droite. Par chance, elle semble avoir réduit d'intensité. Rasséréné, je m'efforce de revenir aux instructions d'Arnaud. Je me borne à suivre le circuit de l'air, sans toutefois saisir la subtilité de la respiration par le ventre qui, sur le plan anatomique, me paraît assez discutable. Flux, reflux, dilatation, rétractation… Si je parviens à discerner assez finement la bouffée d'air qui s'écoule dans ma trachée, en revanche mes narines ne sont curieusement plus sensibles. J'insiste, je lutte pour dompter mon attention. Mais mes pensées sont volatiles et un flot de questions surgit. Que va-t-il se passer maintenant ? Combien de temps allons-nous encore devoir rester figés dans cette position saugrenue ? Et notre instructeur, que fait-il ? Va-t-on vraiment passer cinq jours comme ça ? Les interrogations affluent, se bousculent, se percutent, finissant par saper tous mes efforts de concentration. Heureusement, la Voix me ramène au *Ici et maintenant*.

– Bien… Maintenant que vous êtes connectés à votre respiration, *nous allons creuser un peu plus le sillon de la pleine conscience…*

Le sillon de la pleine conscience : qu'entend-il par là ? Il s'institue poète ou bien ? La Voix redémarre, recouvrant momentanément mon bouillonnement intérieur.

– Tout en conservant votre attention sur la respiration abdominale, attardez-vous sur votre posture... En partant du bas de votre corps, soyez attentifs à vos pieds... Faites le tour de vos orteils, de votre voûte plantaire... Parcourez le tracé de vos articulations, de vos chevilles, de vos genoux... Remontez ensuite progressivement le long de vos jambes...

Craignant d'être de nouveau distancé, je me cramponne à ma monture, en l'occurrence mon coussin chétif.

– Bien... À présent, prenez conscience de vos jambes... Voyez comment elles sont reliées à votre bassin par les hanches... En partant du coccyx, l'empilement de vos vertèbres forme la colonne qui assure votre stabilité... Le squelette, ce bel ordonnancement, nous permet de tenir assis...

La Voix poursuit sa minutieuse énumération, m'évitant de me laisser abuser par mes chimères. Poussivement, je me débrouille pour visualiser, au moins dans les grandes largeurs, les différentes parties du corps énoncées par notre maître. Fort logiquement, celui-ci achève son inventaire par le sommet du crâne.

– Distinguez le léger balancement de votre buste... Sentez, comment, pour maintenir la verticalité et corriger votre posture, vos muscles travaillent sans cesse... C'est le premier enseignement de Vipassana : *dans l'inaction, il y a le mouvement...*

A contrario, voyez aussi comment, derrière le cycle des respirations, la permanence est là : *derrière le mouvement, il y a l'immanence...*

Tout en m'efforçant vaillamment de suivre le trajet de l'air, je tente de m'imprégner de ce nouveau postulat tout aussi ténébreux que mon esprit. Que c'est rébarbatif ! Est-ce vraiment ça, le grand véhicule qui doit nous conduire à la sagesse ?

La Voix me tire de mon abîme de perplexité. Après avoir fait le tour des moindres recoins de notre corps, elle nous convie à présent à observer nos pensées sans intervenir.

– Comme un paysage sous vos yeux, laissez-les défiler sans vous y attacher...

De façon inespérée, cette nouvelle injonction m'apaise. Elle me délivre de ma douloureuse auscultation. En roue libre, je ne cherche plus à disséquer ma respiration ou à rectifier ma posture.

Imperceptiblement pourtant, une forme d'engourdissement me gagne : mon dos s'est voûté, ma tête enfoncée dans les épaules et mon buste affaissé... Serait-ce le début d'un lâcher-prise ? Non... Plus vraisemblablement, mon apathie coutumière a repris le pouvoir.

Au bout d'un certain temps, des picotements dans les jambes me tirent de ce début de léthargie. Les fourmillements courent le long des hanches et déclenchent assez vite des élancements en étoile dans les lombaires. Vite, il faut que je me soulage.

Tant pis pour le maintien de la posture. Subrepticement, je déplie une jambe, puis l'autre. L'ankylose est telle que je dois répéter l'opération plusieurs fois avant d'atténuer le malaise.

C'est le moment choisi par la Voix pour reprendre son élocution langoureuse. Y a-t-il un lien de cause à effet avec mes manœuvres d'étirements ? Toujours est-il que la Voix remet le couvert avec le maintien de la station droite.

– Vos ancrages, en particulier vos pieds, vous arriment au sol comme les racines d'un arbre... Votre colonne vertébrale vous procure la stabilité du tronc. Comme les branches, votre tête au sommet capte la lumière...

De nouveau, je pressens que la Voix va s'aventurer sur des sentiers sinueux.

– Et comme le chêne, vous puisez votre énergie à la fois du sol et du soleil... Vous êtes reliés au cosmos...

Bingo ! Comme redouté, la Voix s'égare.

– Vous êtes intimement connectés au reste de la Création... De manière immédiate et naturelle, par votre respiration, mais aussi par tous les pores de votre peau... *Tel le feuillage, l'intégralité de votre enveloppe charnelle dialogue avec l'univers...*

C'en est trop pour moi ! Je renonce à épouser la cause du chêne, du baobab ou de n'importe quel arbre sacré ! Ma détermination, déjà vacillante, capitule. Résigné, je décrète d'attendre la fin de la séance sans rien faire.

Seulement voilà, je n'ai aucune idée du temps qu'il me reste à patienter. Et un nouvel élément s'invite à la table de mes tracas : j'ai faim ! Une fringale qui me tord les boyaux. Depuis mon insignifiant petit-déjeuner à l'aube, je n'ai rien ingurgité de consistant. Quelle heure peut-il être ? Difficile à évaluer de prime abord. Toutefois, je sais pouvoir compter sur mon estomac, horloger hors pair. On allègue souvent que la dépression s'accompagne d'une perte d'appétit. Je ne sais quelle sommité a décrété cette fadaise. En ce qui me concerne, depuis des semaines que je patauge dans le marigot de ma psyché, à errer entre les quatre murs de notre F3, je n'ai jamais raté la moindre collation à heure fixe. Et à l'écoute de mes gargouillis, je peux donc affirmer de manière quasi infaillible qu'il est au moins la demie passée de midi. Englués dans leur contemplation d'eux-mêmes, mes collègues en seraient-ils venus à négliger l'appel du ventre ?

Le point positif, c'est que cette faim qui me tenaille a chassé les fourmis dans mes jambes. Le point négatif, c'est qu'elle devient dorénavant mon unique objet de préoccupation. Pour faire diversion, je passe en revue mes dernières réalisations culinaires. Mon terrain de jeu favori, c'est la pâtisserie, l'un des derniers territoires, si ce n'est le seul, qui échappe à mon aboulie générale. La veille au soir donc, j'ai mis Anatole à contribution pour mitonner des choux à la crème. Trop content de pouvoir enfin réaliser une activité avec moi, mon fils de six ans ne s'est pas fait prier pour m'assister. Le résultat n'a toutefois pas été à la hauteur de mes ambitions. Il me manque encore un je-ne-sais-quoi pour réussir la pâte parfaite, celle qui allie souplesse et fermeté, le tour de main qui concilie le moelleux et le croustillant. Peut-être devrais-je opter pour une autre levure ? Ou bien reconsidérer ma technique de pétrissage ? Difficile de trancher... J'en suis là de mes cogitations culinaires, lorsque le grondement sourd du gong ébranle mes oreilles. La vibration est si vigoureuse, si puissante qu'elle me dénoue illico l'estomac.

D'un bond, je me hisse sur mes deux pieds, ravi de recouvrer ma liberté. Après quelques flexions pour me débarrasser des raideurs résiduelles, je jette un œil à mes partenaires. Visiblement, ma voisine a l'air aussi soulagée que moi de lever le camp. D'autres, en revanche, semblent vouloir prolonger le plaisir et restent prostrés, telles des figurines inanimées sur leur socle branlant. Certains ébauchent des étirements, comme s'ils émergeaient d'un sommeil paisible et réparateur. Jean-Jacques, lui, effectue une série de rotations savantes, des mains, des avant-bras et enfin de la nuque.

Dépité, j'abandonne en salle de réveil mes camarades, avec une seule idée en tête : bouffer !

3

Affamé, je suis le premier à pénétrer dans le réfectoire. Ignorant la politesse la plus élémentaire, je m'assois sur une travée vide, tout en surveillant avec fébrilité l'agitation en cuisine. Branchée sur courant alternatif, mon humeur oscille toujours entre irritation et abattement. Sur le mur devant moi, les sieurs Rimpoche et Lenghlet me toisent, là encore, de leurs regards hallucinés.

Mes camarades me rejoignent et prennent place à leur tour. Noémie s'installe en face de moi, en tirant le banc d'un mouvement sec. Jean-Jacques, toujours bouillonnant à plein régime, se place à côté de moi. Dans l'angle, un jeune homme au physique avantageux – Alban, je crois – triture compulsivement quelque chose dans la poche de son veston. À mon grand étonnement, il en extrait un smartphone qu'il consulte à de nombreuses reprises, sans paraître gêné d'exhiber un tel objet sacrilège dans cette enceinte. En bout de table, dreadlocks et barbe buissonnante, Elvis – lui aussi, j'ai fatalement retenu son prénom – semble modérément concerné par la situation.

Les autres participants se sont répartis sur des tables voisines. L'une d'entre elles, un peu à l'écart, est restée vacante. Dressée avec plus de soin, elle est rehaussée d'une brassée de chardons plongés dans un vase. Petite touche qui atteste qu'il s'agit, là, du carré VIP.

Ne sachant pas si nous sommes autorisés à converser, chacun rumine ses pensées.

L'entrée d'Arnaud, accompagné de Vincent qui, tel un enfant de chœur le suit comme son ombre, provoque un admirable mouvement de têtes dans leur direction. Tel un prélat s'avançant au milieu de ses fidèles, le maître se hisse sur une petite estrade placée au centre du réfectoire. Puis, retrouvant curieusement la modulation flûtée de son mot d'accueil, il met fin à notre attente.

– Bien, mes amis...

Des sourires de contentement décrispent les mâchoires, comme si cette appellation *mes amis* témoignait déjà d'une forme de camaraderie naissante avec notre instructeur.

– Je tenais à vous féliciter pour votre première séance. Pour certains, cette initiation a pu paraître ardue. Il faut persévérer car comme le dit Rimpoche, *la méditation de pleine conscience est une montagne qu'il faut gravir, pas à pas, avec la constance et la détermination du sherpa.* Quoi qu'il en soit, soyez assurés que Vipassana a déjà commencé son œuvre, sans même que vous vous en rendiez compte.

Un éclair de fierté illumine les visages. Les joues empourprées, Noémie est gagnée par la ferveur. Sa bigoterie attendrissante m'émeut.

– Avant de vous restaurer – même si pour ma part j'observe toujours le *Noble jeûne* entre deux séances – je vous invite à rendre grâce. À remercier la terre pour les bienfaits dont elle nous honore, mais aussi à être reconnaissants envers ceux qui ont préparé ce repas.

Amen... J'acquiesce en levant mon verre à la santé des deux ébahis qui me surplombent, prisonniers dans leur cadre photo.

Arnaud, toujours accompagné de son aréopage, se dirige ensuite vers la table réservée à la *communauté des servants.* C'est le moment choisi par Marie-Béatrix pour lancer le service en salle. Avec sa poitrine opulente, ses épaules solidement charpentées et son sourire à désarmer le plus pisse-froid des yogis, elle paraît tout droit sortie d'une brasserie bavaroise. Cette vigueur, simple et rustique, me réchauffe le cœur. En songeant à ses mets que j'espère aussi généreux que ses formes, mon estomac s'enthousiasme. Notre cuisinière dépose sous nos yeux interrogatifs, d'abord une théière dans laquelle macère un breuvage noirâtre, puis une soupière emplie d'une bouillie à la consistance indécise, tirant sur l'orangé.

– Couisine véchétale ! Mélanche de lentilles corail, blettes et curcuma. Pluch, quelques herbes de ma composition. Avec thé massala, très pon pour reprendre vitalité pour méditation ! précise la cantinière, avec un accent teuton à couper au couteau.

Bon, ne nous arrêtons pas à ces considérations esthétiques me dis-je, en tendant servilement ma gamelle à Jean-Jacques qui s'est imposé pour faire le service. Circonspect, je hume l'assiette avant d'enfourner une première bouchée.

– C'est très bon... lance timidement Noémie pour amorcer la conversation.

– Nourrissant... dis-je, absolument pas convaincu par ce substitut incertain que je m'emploie à faire glisser avec une grande gorgée de thé épicé.

– Ça me rappelle la nourriture du Ladakh : ça tient au ventre pour un trek en montagne ! plastronne Jean-Jacques. Personne cependant ne relève ce fait d'armes.

– Qu'avez-vous pensé de cette première séance ? lance Noémie, soucieuse d'alimenter notre embryon de conversation.

– C'était conforme à ce que j'attendais, assène Alban avec aplomb.

– Pour ma part c'était une première un peu déroutante, dis-je en espérant que ce doux euphémisme ne trahisse pas mon désarroi le plus complet.

– Moi, je trouve que sa technique Vipassana est très pure. Dans la veine des enseignements des grands maîtres comme Rimpoche. Assurément, Arnaud a été à bonne école ! glose Jean-Jacques, comme s'il décernait là un brevet d'authenticité à notre instructeur attitré.

Tandis que nous mâchonnons notre portion, Noémie sort de son sac en bandoulière plusieurs flacons de gélules. Devant nos moues incrédules, elle se sent obligée de se justifier.

– Ce sont des arkogélules. C'est mon naturopathe qui me les a prescrites : il y en a une pour fluidifier le transit, une autre pour faciliter la concentration et la dernière, c'est pour détoxiquer le foie. Les principes actifs sont à base de plantes. Je fais régulièrement des cures et ça m'aide beaucoup...

La conversation prend alors une tournure prévisible sur l'intérêt des médecines parallèles. Pour tous – sauf pour Elvis qui ne se mêle pas aux débats, préférant déguster l'exsudat insipide comme s'il s'agissait d'un carpaccio de cèpes – leur utilité ne souffre pas de discussions. Pour respecter un minimum de conventions sociales, je m'impose de prendre part aux échanges. J'objecte mollement que s'agissant de l'homéopathie – dont j'ai pu mesurer l'efficacité voisine de zéro pour soigner ma mélancolie sévère – les propriétés curatives restent quand même à démontrer. Je suis contredit par Alban qui s'érige en fervent défenseur des granules mais aussi de la phytothérapie, nous informant au passage qu'il en fait commerce au même titre que des articles zen. Ceci explique sans doute cela...

Toujours au rayon des pratiques naturelles, nous dissertons ensuite sur les vertus comparées du yoga, de l'analyse transgénérationnelle et de la médiologie. En l'espèce, Noémie se révèle fine connaisseuse et consommatrice assidue de toutes sortes de guérisseurs, thérapeutes et autres camelots de l'âme. Dans sa quête effrénée, la trentenaire a déjà probablement dilapidé une part significative de son pécule d'enseignante. Sans succès apparemment, comme elle le confesse bravement :

– En m'inscrivant à cette retraite, j'espère trouver des outils pour apprivoiser mon anxiété. C'est vraiment handicapant de perdre ses moyens devant sa classe à cause d'une attaque de panique !

– Tu as eu raison de t'engager dans cette voie qui mène à la sérénité intérieure, valide Jean-Jacques.

S'étant emparé de la parole, il ne la lâche plus. Toujours avec ce ton satisfait de lui-même, il expose son pedigree. Il nous instruit qu'il n'en est pas à sa première retraite méditative. Qu'il a déjà suivi les enseignements du docteur Lenghlet. Qu'il a eu l'honneur de le rencontrer trois décennies auparavant alors qu'il dédicaçait son ouvrage *Le Noble silence, Vipassana ou la libération de l'âme*. Qu'il a même eu le privilège de visiter en pèlerinage la demeure natale de Sogyal Rimpoche au fin fond de l'Himachal Pradesh.

Ayant déjà subi l'itinéraire de notre instructeur, les états de service de Jean-Jacques m'indiffèrent. Alban, en revanche, se montre très intéressé. Il l'assaille de questions pour se faire préciser les dates, les lieux, les personnes rencontrées. Jean-Jacques ne se fait pas prier pour étaler avec force détails ses hauts faits.

Après ce récit assommant, Alban lève à son tour le voile sur ses intentions. Il nous explique qu'il est là dans le cadre d'un projet entrepreneurial. En plus de sa boutique en ligne de naturopathie et d'objets zen, il a aussi créé une société de coaching et de développement personnel.

– Pour me développer, j'ai besoin d'étoffer ma palette de prestations. Clairement, la méditation est tendance. Le marché est hyper porteur. Avec des influenceurs aussi médiatiques que Mathieu Ricard ou Christophe André, la demande explose. Même les sportifs de haut niveau s'y mettent !

Face à mon air dubitatif, il poursuit.

– J'ai de plus en plus de DRH qui me sollicitent pour organiser des formations à la méditation, soit pour le top management, soit pour eux-mêmes. À titre perso, c'est aussi une pratique qui m'intéresse pour améliorer ma performance !

En même temps qu'il nous parle sans pudeur, il ne peut s'empêcher de consulter son iPhone qui hoquette à chaque notification. Je ne suis pas sourcilleux mais ce manque de savoir-vivre me navre un tantinet...

– Quand j'ai vu les références d'Arnaud et la visibilité sur le Net des communautés Vipassana, je n'ai pas hésité une seconde. Pour moi, cette retraite, c'est un investissement. J'ai d'ailleurs commencé à planter des jalons avec Vanessa, pour voir si on peut travailler ensemble avec certains de mes clients.

Un relent nauséeux me saisit. Serait-ce le contrecoup de l'emplâtre que je viens d'ingérer ou bien un haut-le-cœur face aux propos décomplexés d'Arnaud ? Le rictus indigné de Noémie me fait pencher plutôt pour la seconde hypothèse. Jean-Jacques, lui, se pose une nouvelle fois en sage magnanime évoluant bien au-dessus de ces contingences matérielles.

– Comme dit Rimpoche, peu importe les motivations qui conduisent à la méditation, ce qui compte c'est de pratiquer. Méditez et vous verrez ! disait-il à ses disciples. En cela, ta démarche est tout aussi recevable que n'importe quelle autre, conclut-il, plein d'affectation.

Après cette sentence qui se veut définitive, plus personne autour de la table ne se hasarde à ajouter quoi que ce soit. Je profite de l'interruption pour observer à quelques encablures la table présidée par notre guide. Installé devant une tasse de thé fumante qu'il tient fermement entre ses deux mains, Arnaud est en grande conversation avec Georgen. Le jeune masseur – corps galbé, pommettes glabres et nez impeccablement taillé – le considère avec passion. Subjugué, il n'en a pas touché son assiette, repoussée devant lui. Tandis que je m'attarde sur eux, je crois déceler de la part du bellâtre une caresse dissimulée du revers de la main sur la cuisse de son aîné. Se pourrait-il qu'il y ait quelque chose entre eux ou bien est-ce moi qui interprète de travers ce geste anodin ? Grand bien leur fasse, après tout...

À l'opposé des deux amants, Marie-Béatrix se délecte de sa tambouille roborative. Tout en agitant frénétiquement sa main libre, elle cause de manière très animée avec Vanessa. Régulièrement, l'une est secouée d'un éclat de rire, aussitôt emboîtée par l'autre. De là où je me trouve, je ne peux saisir les motifs de leur hilarité, mais leur complicité est indéniable.

En retrait par rapport aux autres, une autre présence féminine m'intrigue. Une allure distinguée bien que trapue, de grands yeux charbonneux qui embrasent un visage lisse, des cheveux poivre et sel savamment noués en chignon, aucun doute, il s'agit de Dalva. Indifférente aux affaires du monde, elle ne se soucie guère de ses camarades. Fasciné par cette apparition, je ne peux me détourner de son visage, insaisissable, et de ses pupilles sombres, ardentes, farouches et comme habitées par des forces supérieures... Craignant toutefois qu'elle me repère à la dévisager avec tant d'insistance, je retourne finalement à mes convives. Noémie est en train de refermer nerveusement ses flacons de gélules...

Elvis, lunaire, végète toujours dans un ailleurs qui n'appartient qu'à lui. Je réalise qu'il ne s'est pas exprimé depuis le début du repas et qu'étrangement personne n'a daigné lui adresser la parole. Alban a remisé son smartphone dans sa veste, tandis que Jean-Jacques picore son assiette. Le peu de vernis social qu'il me reste s'est encore écaillé. Je n'ai aucune envie de raviver une conversation moribonde.

Une grande lassitude m'étreint...

Même le sourire et la poitrine réjouissante de Marie-Béatrix, lorsqu'elle dépose devant moi un ramequin contenant une laitance visqueuse, ne parvient pas à me ranimer. Pourtant, sa marmelade qui répond au nom évocateur de *chias fermenté dans lait coco* est presque digeste. Pas mauvaise même. En dépit de cette note sucrée qui rehausse un poil mon déjeuner, je me sens fatigué de la compagnie des hommes, plus encore de moi-même...

4

En sortant dans le parc, je suis fouetté au visage par une rafale de vent. Mal équipé pour faire face à ce froid mordant, je m'abrite derrière un mur. Je fouille du regard les alentours à la recherche d'une présence animale. Qu'espéré-je ? Confusément un peu de chaleur et de réconfort... Mais à mon grand regret, pas de trace ici du chien de berger. Est-il allé rejoindre Dalva, sa maîtresse ? Ou bien arpente-t-il la montagne en quête d'une compagnie plus fréquentable ?

Chafouin, je me rabats vers ce qui me tient lieu de chambre pour les cinq prochaines nuits. Ivre de fatigue, je m'effondre sur ma couche. La tête enfoncée dans un édredon racorni qui empeste l'humidité, je demeure ainsi. Flasque et vidé.

Le son profond du gong me tire quelque temps plus tard d'un sommeil opaque. Même porte close, il est difficile de se soustraire à cette déflagration. Encore abruti, j'ai toutes les peines du monde à m'extirper de ma paillasse.

Déambulant tel un somnambule, je retrouve le groupe en salle de méditation. Tout le monde est déjà en place, le séant posté sur son embarcation et la mine recueillie de circonstances. Ne manque à l'appel que moi et... notre instructeur. Par réflexe moutonnier, chacun a repris le même emplacement que le matin. Pour ne pas faire entorse à cette loi implicite, je me positionne à la droite de Noémie qui m'adresse un discret signe de la main. Cette marque de connivence me ragaillardit quelque peu.

Au sein de l'assistance, Jean-Jacques détonne. Campé en position du lotus, les paupières closes, il semble vouloir marquer, par cette posture étudiée, une forme de détachement avec le reste du monde. Je ne peux toutefois m'empêcher d'envier sa souplesse. Malgré son gabarit ventripotent, il se débrouille, par je ne sais quelle propriété élastique, pour croiser et replier ses pieds au-dessus de ses cuisses. Le tout, sans s'affaisser et en conservant une belle rectitude. Dommage que sa technique de respiration ne soit pas aussi perfectionnée que sa maîtrise posturale...

Quelques instants plus tard, l'arrivée d'Arnaud aimante tous les regards. Tel un astre autour duquel tout converge, il devient aussitôt le cœur irradiant de notre assemblée. Celui par lequel tout advient, tout se déploie et tout procède. Même Jean-Jacques s'est subitement réveillé de son introspection démonstrative. Plein de solennité, notre maître prend tout son temps pour déposer son coussin bien au centre de la pièce. Puis, toujours en nous opposant un silence buté, il plonge son regard dans le lointain. À ses côtés Vincent, baguette à la main, brûle d'impatience.

Mettant subitement fin à son questionnement avec les puissances occultes, notre instructeur cligne des paupières. C'est le signal de départ. Déchargé du poids de son attente fiévreuse, Vincent cogne, sans doute plus brusquement qu'il ne l'aurait voulu, le gong de sa baguette. La détonation est si furieuse que j'en suis de nouveau estomaqué. J'accuse le coup et crains même, l'espace d'un instant, d'être devenu sourd tant mes oreilles trépident au son de ce grondement métallique. Puis, telle une décrue qui jamais ne s'amorce, le decrescendo se prolonge interminablement. Le silence étiré qui s'ensuit tout autant.

Enfin, la Voix sépulcrale émerge des profondeurs et la même scène que le matin se répète. De nouveau, notre maître nous convie à un examen approfondi du trajet de l'air inspiré. Il se livre à l'inventaire méticuleux de notre anatomie, exactement dans le même ordre : en partant des pieds pour achever par le sommet du crâne. De nouveau, à ma droite la pétrolette à vapeur qu'est Jean-Jacques s'est remise en marche. Je m'échine à canaliser le flux de mes pensées anarchiques. Mais mon esprit est retors, il vagabonde et se dérobe inlassablement. Une lutte féroce s'engage pour réprimer cette part de moi-même qui refuse de se laisser examiner par la pleine conscience. Encore une fois, je dois résister à cette insolente tentation de tout envoyer valser. Et déjà, je regrette d'avoir cédé à Katia en venant jusqu'ici.

Bon gré mal gré pourtant, je tiens. Les mâchoires serrées, les paupières frémissantes, j'endure et reste assis. Pour ne pas céder à cette irrésistible envie de fuir à toutes jambes, je prends une haute résolution : je vais compter mes respirations. Après tout, cet exercice, absurde et inutile, vaut bien ceux dictés par notre guide. Par paquet de 20, puis de 60 et de 120, je dénombre mes inspirations. Chaque série est un répit, une victoire conquise sur ma pulsion d'évasion. Pour agrémenter mon labeur, je raffine l'énoncé. M'érigeant en statisticien méthodique, je me livre à toutes sortes de calculs sophistiqués pour déterminer des moyennes, des maximas, des minimas et des écarts-types de mes inhalations. Au bout d'un certain temps toutefois, je perds le fil de mes opérations alambiquées.

À l'absurdité de mes raisonnements arithmétiques succède un sentiment de vacuité totale. Dans mon insondable solitude, seul subsiste le souffle enroué de Jean-Jacques. Curieusement, ce ronflement dysharmonique en devient presque rassurant. Un peu trop insistant certes, mais par sa régularité et sa fixité, il comble le gouffre béant de mon affliction. Je m'accroche à ce souffle guttural comme à un radeau de survie. Naufragé, à la dérive sur mon océan de mélancolie, l'assoupissement finit par m'emporter vers le large...

– Om Mani Padme Hum...

Cette clameur psalmodiée par le chœur vibrant de l'auditoire me ramène en douceur sur les rives de la raison. Combien de temps mon éclipse a-t-elle duré ? Aucune idée... Ma position, en tout cas, n'a pas varié. Toujours en tailleur et le dos droit, comme l'exige notre instructeur. Cela tient de la prouesse, tant j'ai la sensation d'être de retour d'une contrée lointaine qui déjà n'existe plus. Par mimétisme, j'entonne à mon tour le mantra.

– Om Mani Padme Hum...

Joindre ma voix à cette mélopée incompréhensible me procure du baume à l'âme. Las, la pause musicale est de courte durée. Sous la houlette de notre guide, la litanie perd de sa vigueur, puis se fond dans un silence épais. Frustré, j'attends qu'une nouvelle supplication advienne. Mais rien... L'insignifiance et la vanité m'écrasent de plus belle. Plus envie de m'éreinter à suivre ma respiration chancelante. Encore moins de visiter les moindres recoins de ma carcasse. Confusion, je ne suis que confusion... Des pensées vertigineuses sourdent en moi. Mon cerveau m'apparaît pour ce qu'il est : une gélatine inconsistante. Thomas

Dutertre n'est plus. Il s'est disloqué. Dissous dans la fange de son désespoir. Ne reste de lui qu'un souvenir qui s'efface...

Enlisé dans le néant,. je ne discerne pas au début les fourmillements qui me remontent le long des jambes. Ce n'est que lorsque la douleur devient insoutenable, se propageant tout le long du nerf sciatique, que brutalement j'émerge de ma catatonie. Au supplice, je n'ai d'autre option que de me lever aussi sec, piétinant de facto la règle de l'immobilité. Secouant vivement mes membres inférieurs, la douleur abdique aussitôt.

Toujours debout, j'en profite pour dresser un état des lieux de la situation. Noémie n'a pas l'air au mieux. Ses frêles épaules sont parcourues par intermittence de tressaillements. Son teint a pris la couleur du linceul. Derrière elle, Alban n'est pas non plus au meilleur de sa forme. Les sourcils froncés et les poings serrés, il paraît lutter contre des démons imaginaires. Jean-Jacques, lui, est tendu comme un arc. Une grimace disgracieuse lui tord la bouche, des larmes de sueur perlent sur son front. Quant aux autres participants, ils ne sont pas non plus à leur avantage. Certains ont les membres qui s'agitent pareils à des pantins désarticulés et la tension se lit sur la plupart des visages.

Est-ce ainsi que Vipassana doit nous conduire aux portes de la sérénité ? Ce chemin de purification intérieure serait-il en réalité un chemin de croix ? Un calvaire doloriste avant la plénitude ? Même

Vincent qui, pourtant, possède théoriquement une longueur d'avance sur nous, n'est visiblement pas à son aise. À plusieurs reprises, il se frictionne les mains et le corps, comme s'il était frigorifié malgré le plaid qui l'enveloppe. Au centre, Arnaud, indéchiffrable s'est pétrifié en statue. Seul Elvis, à l'écart du groupe, paraît apaisé. Chez lui, aucune tension mais quelque chose de pur, de naturel. Les traits détendus, la tête légèrement penchée en arrière, il offre son sourire radieux aux cieux. Je m'éternise sur cette image belle, iconique. Comment fait-il ?

Je me résous enfin à me rasseoir, sans volonté aucune. Plus envie d'écouter mon corps, cet étranger encombrant que je me coltine depuis plus de quatre décennies. Jusqu'au gong libérateur, il va encore me falloir prendre mon mal en patience.

Pour tromper l'ennui, je décide d'en revenir à mes bonnes vieilles obsessions pâtissières. Le panettone est une affaire sérieuse. Selon les hommes de l'art, il s'agit ni plus ni moins de la quintessence de la brioche. Sa texture, à la fois aérienne, effilochée et veloutée, requiert un savoir-faire d'une effroyable complexité. Avant toute chose, l'orthodoxie stipule qu'il faut un levain digne de ce nom. Que dire des autres ingrédients qui doivent faire l'objet d'une sélection aussi scrupuleuse qu'impitoyable ? Il en va des fruits confits – oranges, cédrats et citrons de Sicile – et des raisins secs, de Corinthe pour les puristes. Le pétrissage, conduit en quatre phases distinctes, au cours des 36 heures que dure la préparation, relève également de la mécanique de haute précision. Ne parlons pas de la cuisson, 43 minutes à 93°C, sonde-thermomètre à l'appui, afin de s'assurer que le panettone soit parfaitement cuit à cœur. Encore moins du refroidissement, le gâteau transpercé de pics à brochette pour le maintenir la tête en bas, pendant 10 heures tout pile. Ne croyez pas qu'après trois journées d'intenses préparatifs, vous pourrez enfin vous jeter dessus et le dévorer. Non, il faut encore patienter 24 heures supplémentaires pour que tous les arômes infusent merveilleusement.

Je ne compte plus les tentatives infructueuses pour décrocher ce Graal de la biscuiterie. Ni les dépenses excessives pour me doter d'un robot pétrisseur de compétition ou me faire livrer des fruits confits des plus renommés. Dans ma déprime de haute volée, réussir *il perfetto panettone* est devenu mon idée fixe, l'unique raison pour laquelle je peux encore m'extirper du canapé pour faire des courses en ville ou procéder à une délicate opération de pétrissage. Si cette passion dévorante m'a coûté quelques coquettes dépenses et rapporté quelques kilos superflus, je reste encore sur ma faim, si je puis dire... Certes, mes progrès sont indéniables, mais je ne puis pas encore porter triomphalement mon grand œuvre à Giancarlo, mon maître étalon ès *panettones*. À la Noël, mon épicier italien de Toulouse fait venir spécialement d'une prestigieuse maison milanaise des panettones qu'il écoule à prix d'or, quoique en vérité bien inférieurs aux tarifs pratiqués par Georgen pour ses massages (et entre nous, je préfère de loin débourser une fortune pour une brioche d'exception plutôt que de me faire pétrir le dos par le bellâtre).

Abîmé dans mes élucubrations culinaires, je suis subitement rattrapé par la Voix qui sort des limbes. Elle renoue avec l'allégorie végétale. Mais cette fois, point question de chêne.

– Comme le roseau, votre corps peut s'incliner, se courber sous l'effet de la pesanteur ou de la fatigue, mais toujours il se redresse... Et toujours il retrouve sa position verticale...

Auprès de qui puise-t-il cette image du roseau ? Bon sang, je suis pourtant certain d'en connaître l'auteur ! Voyons... J'ai beau fouiller ma mémoire, le nom me glisse comme du sable entre les doigts.

– Et comme le roseau, votre corps peut ployer, mais jamais ne rompt... Sentez le balancement de votre buste... Sentez aussi la souplesse de vos muscles qui vous permettent de tenir droit comme le roseau...

Ça y est, j'y suis ! Jean de La Fontaine ! Le chêne et le roseau, *of course!* Trop heureux de cette réminiscence, je néglige de déverrouiller les épaules et d'étirer ma colonne, comme nous l'enjoint notre maître. Ce dernier insiste d'ailleurs toujours avec son roseau.

– Comme le roseau, nos pensées sont faibles, malléables... Elles peuvent être balayées par le vent...

C'est quoi ça, encore ? Le voici qui se prend pour un érudit ? Ne pourrait-il pas citer ses sources pour nous épargner de nous triturer les méninges ? Ça y est, j'y suis : *L'homme est un roseau pensant* ! Mais de qui s'agit-il au juste ? Rousseau, Diderot ou bien Pascal ? Et pourquoi pas Voltaire ? À non lui, c'est le mythe du *bon sauvage*. Mais non, triple idiot, c'est Rousseau ! Mais alors, qui donc a consacré le fameux *roseau pensant* ? J'ai beau exhumer mes vieux souvenirs de philo, cette fois l'illumination ne fuse pas... Quelle indignité de méconnaître ainsi mes classiques ! Et si, au final, tout cela n'avait rien à voir avec les penseurs des Lumières ? Et puis, que cela change-t-il de savoir qui a pondu ce foutu *roseau pensant* ? D'ailleurs, ne serait-ce pas plutôt aux *roseaux sauvages* auxquels Arnaud fait allusion ? Je crois me rappeler qu'il s'agissait plutôt d'un titre de film. Mais là encore, le nom du réalisateur ne me revient pas... D'ailleurs, Arnaud a-t-il vraiment des références précises en tête ou bien improvise-t-il ?

Je n'ai pas le temps d'approfondir car la foudre littéralement s'écrase sur mon crâne lorsque tonne le gong. Comme si je sortais d'un rêve éveillé, je me dégage à grand-peine de mon coussin, la tête encore farcie de ces questions qui tournent sur elles-mêmes.

5

Après une journée aussi éprouvante, je ne suis pas fâché d'aller me dégourdir les jambes dans le parc. D'autant que la brise, qui tout à l'heure m'a glacé les os, a fait place à un franc soleil. Jusqu'ici masqué par une brume tenace, le panorama est un enchantement : les sommets poudrés des Pyrénées ariégeoises coiffent une mosaïque chamarrée d'alpages, de forêts et d'éboulis. Les adeptes de la cause méditative savent choisir leur ermitage... Tout ici invite au repos de l'âme et comme par magie, les dernières traces de lutte en moi se sont évanouies.

Émerveillé, je ne prends pas garde à la touffe de poils qui s'est faufilée entre mes cuisses. La langue pendante, les naseaux fumants, Siddhârta me sonde de son regard exalté. Sa queue, qui se balance avec fantaisie, est constellée de bouloches. Le bas de ses pattes est maculé de boue grasse. Sa toison dessine sur son dos des petits picots séchés pareils à une guirlande de papier mâché. Je ne sais où diable il est allé se fourrer, mais à en juger par son état général de propreté, il n'est assurément pas resté assis à côté de Dalva tandis qu'elle s'adonnait à ses incantations mystérieuses.

Soudain, il file à l'autre bout du parc pour s'emparer d'un bout de bois. En dodelinant, il vient l'apporter à mes pieds. Prenant un air implorant, il se campe sur son postérieur. Eh bien, gentil toutou, toi au moins tu sais te faire comprendre ! Me saisissant de son présent, je le lui jette à quelques dizaines de mètres. Il s'élance comme une flèche vers le projectile, soulevant dans son sillage des gerbes de feuilles mortes. Puis, saisissant le morceau de bois entre ses crocs, il revient me le déposer avec cérémonie comme s'il s'agissait d'une offrande sacrée. Je reconduis le jeu et notre petit manège amusant dure ainsi un moment. Jusqu'à ce que subitement, il se rue comme un forcené en direction de la forêt voisine, effaçant d'un bon athlétique le petit muret qui ceinture le parc. Qu'a-t-il entendu, flairé ou perçu pour me planter ainsi sans sommation, ni préavis ? Va savoir...

Froissé, je ronge mon frein, dans l'espoir que mon compagnon revienne sur sa décision. Mais il s'est bel et bien évaporé. Les mains fourrées dans les poches, je reste seul. Le paysage devant moi a perdu de sa saveur. Le soleil décline, le froid commence à se glisser dans tous les interstices de mes vêtements.

Retourner m'encager dans ma cellule décrépite, ou rejoindre mes coreligionnaires est au-dessus de mes forces. D'ailleurs, je ne sais où ils se sont exilés. L'âme en peine, je retourne à l'accueil. Avant de pénétrer dans le bâtiment principal, je remarque, un peu en contrebas, un halo de fumée. Intrigué, j'effectue un crochet. Une forte odeur d'aromates grillés infuse jusqu'à mes narines. Assis sur une pierre plate, un cône incandescent collé à la lippe, Elvis fume tranquillement. À chaque bouffée une pluie d'étincelles s'envole en tourbillonnant au-dessus de sa tignasse noueuse.

– Salut, me lance-t-il, pas le moins du monde perturbé par ma présence.

– Salut, lui dis-je.

Notre rudiment de conversation s'arrête là... N'osant le déranger dans son ouvrage, je reprends ma route, non sans m'interroger sur les perspectives offertes par l'association des stupéfiants et de la méditation. Après tout, Noémie se fait bien prescrire des extraits de plantes. Et puis me concernant, je suis aussi sous psychotropes depuis des semaines. À la réflexion, je ne vois donc pas où est le mal.

Longeant la salle de méditation, je jette machinalement un coup d'œil par la porte entrebâillée. Quel n'est pas mon effarement en découvrant mon Jean-Jacques, seul et toujours bloqué dans son improbable position. Comment peut-il faire des heures supplémentaires ? Croit-il que son karma va s'élever plus vite en s'infligeant du rab ? Espère-t-il gagner ainsi les faveurs de notre maître ?

À la vue de la baguette de Vincent, négligemment posée sur le parquet, une envie me démange : cogner de toutes mes forces contre le gong. Ce qu'il me reste encore de surmoi m'en dissuade. À regret, je m'éloigne de Jean-Jacques, toujours coincé dans son lotus flétri.

Dans le hall, je trouve Vanessa, affairée derrière son ordinateur. Dans la pénombre, l'aura bleutée qui nimbe son visage lui donne presque un air maléfique. Je ne saurais dire si je la trouve attirante ou pas. Une chose est sûre : son dynamisme ferme et résolu m'effraie moi qui, par la force des choses, suis d'un tempérament plutôt lymphatique ces derniers temps.

Devinant ma présence, elle esquisse un *ça va ?* avec un sourire de façade, tout en continuant à maltraiter son clavier.

– Oui. Ça va...

– Cool !

Conscient que mon manque de loquacité est problématique, je m'efforce de trouver un prétexte pour poursuivre la conversation. En panne, je lui sers la première question stupide qui me traverse l'esprit.

– Aurais-tu l'heure s'il te plaît ?

– Oui, 17h30 ! me répond-elle, la tête toujours immergée dans son écran.

Je balbutie un merci, tout en m'éloignant penaud pour ne pas lui infliger ma présence.

17h30... Bien... Le débrief de cette insigne journée devrait bientôt débuter. Fataliste, mais aussi inquiet sur ce que nous réserve encore notre instructeur, je me traîne jusqu'à la salle de méditation. Mes compagnons sont déjà en place. Ce qui me frappe d'abord, c'est le laisser-aller dans les postures. L'atmosphère est presque relâchée. Certains se tiennent à moitié, voire carrément avachis sur leur coussin. Autre constat troublant : le silence ne règne plus en maître. Si les discussions se font du bout des lèvres, la salle bruisse du murmure feutré des paroles échangées. M'asseyant, comme il se doit entre Jean-Jacques et Noémie, je dresse l'oreille pour entendre les conseils de l'aîné. Ce dernier est en train de vanter sa technique de prédilection.

– Tu devrais essayer le lotus. C'est juste une affaire d'habitude. C'est d'ailleurs comme ça que Rimpoche...

Son explication est stoppée nette. Notre maître vient de franchir le seuil de la porte. Immédiatement, toutes les conversations s'éteignent, chacun se redresse sur son coussin.

– Bien mes amis, vous avez passé avec succès votre première journée de méditant.

Toujours ce *mes amis*... Notre guide sait y faire pour se mettre l'auditoire dans la poche.

– À l'issue du premier jour, il est toujours prévu un temps de partage, avant que nous prenions notre dîner *dans le respect du Noble silence.*

Nous buvons ses paroles comme s'il s'agissait d'une homélie grandiose. Sur le fond pourtant, il n'a encore rien dit...

– Mais avant de procéder à un tour de table, il est aussi d'usage que les méditants unissent leurs voix pour prononcer le mantra universel. Peu importe que vous soyez croyant ou non, il s'agit d'un *hymne à la Joie et au Monde.* Ce qui compte, c'est de le dire avec *la sincérité du cœur.*

La sincérité du cœur... Fichtre !

– Voici le mantra universel. Je vous le livre, puis nous le réciterons ensemble. *Je m'incline devant l'énergie créative de l'infini. Je m'incline devant la transmission divine de la connaissance. Je suis la vérité. Le soleil, la lune, la terre, l'infini, tout ce qui est Infini. Je suis cela.*

Je ne sais si mes camarades percent le sens profond de ce qu'ils ânonnent comme des communiants, mais moi, ce sabir de yogi de pacotille m'indispose. Aussi, je ne fais que remuer les lèvres sans prononcer un mot.

– Bien, maintenant, je vous invite à partager votre ressenti sur cette première journée. Que chacun se sente libre de ses propos ! Nous accueillons avec bienveillance et tolérance toutes les paroles qui viennent du cœur ! Nous ne jugeons pas. Nous acceptons l'autre tel qu'il est. Vous pouvez aussi vous ouvrir, si vous le souhaitez, des raisons qui ont guidé vos pas jusqu'ici. Bien, qui veut témoigner ?

Une crispation parcourt l'assistance. Puis, Jean-Jacques s'éclaircit la voix, comme s'il s'apprêtait à faire une déclaration importante.

– Eh bien pour moi, Vipassana n'est ni une découverte, ni une première. J'ai déjà eu l'occasion de pratiquer la méditation de pleine conscience à plusieurs reprises. Y compris là où elle est enseignée depuis la nuit des temps, en Inde. Aujourd'hui, j'ai retrouvé mes réflexes et j'ai donc plutôt été à mon aise sur ces deux premières séances. Si je suis ici, c'est pour approfondir et perfectionner la pratique du docteur Lenghlet que j'ai eu la chance de rencontrer en personne, conclut-il de ce ton fat qui indubitablement constitue sa marque de fabrique.

– Je te remercie, Jean-Jacques, pour la sincérité de ton témoignage, opine notre maître. *Vipassana est comme une montagne... Celui qui croit atteindre le sommet, toujours doit viser plus haut...*

Le tour de table se poursuit. Noémie, la voix chevrotante, se jette à l'eau.

– Pour ma part, c'était une première, même si j'ai déjà fait du yoga et de la sophrologie. J'ai trouvé cependant que c'était très différent. La méditation exige plus de concentration. J'avoue avoir eu du mal à conserver l'attention continue sur ma respiration. Je suis donc très impatiente de poursuivre la session demain et les jours à venir et éprouver ainsi les premiers effets de Vipassana, confie-t-elle, touchante d'optimisme.

– Je te remercie, Noémie, pour la sincérité de ton témoignage, approuve Arnaud. Puis, il déclame une nouvelle parabole dont il a le secret.

– *Rimpoche dit : celui qui débute Vipassana a une chance inouïe. Comme le nourrisson, la plénitude de la vie l'attend telle une promesse.*

L'ensemble des participants souscrivent d'un air entendu.

Sans fard, Alban exhibe ensuite les raisons de sa présence parmi nous. Quant à Elvis, il affirme sobrement vouloir *se poser, tranquille et profiter de l'instant présent. Jusqu'ici, cela ne se passe pas trop mal pour moi*, conclut-il dans son phrasé singulier, à la fois flegmatique et endormi. Sa voisine affirme être venue en simple curieuse, après avoir été incitée par une amie, revenue transfigurée d'une session Vipassana.

À chaque fois, notre maître félicite l'intervenant avec sa ritournelle pleine de préciosité. Puis, il débite un *soûtra*, tantôt trivial tantôt fumeux, souvent les deux. Étrange impression que d'être quelque part entre une réunion d'alcooliques anonymes et la confesse collective.

Quand vient mon tour, j'élude mes difficultés. Mais, sans savoir ni pourquoi ni comment, j'étale les raisons de ma présence ici.

– Si je suis ici, c'est parce que ma femme, infirmière au CHU de Toulouse, m'a dit le plus grand bien de la méditation qu'elle pratique régulièrement à l'hôpital. Je sors d'un burn-out professionnel. Je viens chercher des outils pour me ressaisir.

La mine dégoulinante de sollicitude de mes congénères me fait aussitôt regretter cet élan de franchise. Du reste, l'apophtegme dont me gratifie notre maître ne fait que renforcer ma contrition.

– Je te remercie Thomas pour la sincérité de ton témoignage. *La souffrance est comme un nuage qui obscurcit l'âme. Par le souffle de la pleine conscience, tu peux le chasser et tu verras aussi clair en toi que de l'eau de roche.*

Bravo et merci Arnaud pour ta clairvoyance et ta puissance d'analyse. Avec des préceptes aussi ébouriffants, les voies de la sérénité me sont assurément dégagées ! Mortifié, je me réfugie ensuite dans le silence.

Heureusement, je suis le dernier à participer à ce grand déballage. Pour clore cette séquence, notre maître nous convie à réciter le mantra de la Grande Compassion.

– *Om Mani Madme Hum...*

Je reconnais le psaume qui m'a arraché de ma torpeur postprandiale. Seulement ce soir, j'en ai ma claque de toute cette liturgie de bas étage. Bouddhiste, hindouiste ou zen ou que sais-je encore, ce syncrétisme *low cost* me tape sur le système ! Je me refuse à sacrifier à cette bigoterie New-Age et à toute cette quincaillerie de bazar pseudo-oriental ! Comme l'eau qui ruisselle sur les plumes d'un canard, je laisse la psalmodie s'écouler sans y prendre part.

Vu mon humeur massacrante, le repas pris ensuite dans le *Noble silence* tombe à point nommé. Étant donné que je suis encore affublé du voisinage de Jean-Jacques et d'Alban, ce mutisme imposé m'épargne les récits barbants de l'un et les études de marché de l'autre. Quant à Noémie, avec sa panoplie de pilules colorées, elle est pathétique. Il n'y a qu'Elvis qui trouve grâce à mes yeux. Lui au moins, il n'importune personne. Aussi serein et épanoui qu'une fleur de lotus dans un temple brahmanique.

Que dire enfin de l'ersatz de purée qui nous est servi ? Je crois qu'il achève une bonne fois pour toutes de liquider cette soirée bien mal emmanchée. Au milieu de la mélasse rosâtre déversée dans nos assiettes, il me semble reconnaître du céleri-rave ou quelque chose d'approchant au goût âpre, mais sans certitude aucune. À force d'être dilué avec du jus de cuisson, le gruau pâteux devient presque mangeable. Quant aux légumes, censément des pickles, ils sont si pimentés qu'ils manquent de me déchaumer le palais. Pour apaiser mon estomac, je me verse de larges rasades de thé sucré. Expéditif, je débarrasse ensuite mon assiette pour me précipiter dans ma cellule.

Après avoir évacué d'un jet d'urine puissant les litres de bouillon absorbés, je me jette sur ma valise. J'en exhume triomphalement une vieille barre chocolatée oubliée dans le double fond. Même si elle n'est pas de première fraîcheur, elle me fait quelque peu oublier ce dîner diurétique et décapant.

6

Seul dans ma chambre, vautré sur mon lit. Dehors, dans le parc plongé dans les ténèbres, il gèle à pierre fendre. Malgré les couvertures empilées, je frissonne de tout mon corps.

Comme chaque soir depuis des semaines, j'ai consciencieusement avalé mes deux cachets de Mirtazapine. Mais l'effet sédatif, qui d'ordinaire survient dans la demi-heure, se fait attendre. Il faut dire qu'à la pendule de mon vieux téléphone à clapet, il n'est que 20h00. Bien qu'ayant basculé sur le versant dépressif, je ne puis encore m'endormir à l'heure des vêpres.

Bravant l'interdit, je décide d'envoyer un SMS à Katia. Mon téléphone est si archaïque qu'il me faut presser chaque touche plusieurs fois avant d'obtenir la lettre désirée.

« Coucou ma chérie, comment ça va à la maison ? »

Katia me répond instantanément comme si elle guettait mon message.

« Ça va bien ! Je viens de raconter la première histoire à Anatole. Et toi ? Je croyais que tu n'avais pas le droit de communiquer avec l'extérieur pendant ta retraite ? »

Doucement, ma belle... Si tu poses deux questions à la fois, je ne vais pas m'en sortir pour te répondre avec mes doigts gourds qui dérapent sur ce clavier lilliputien. Katia a dû agrémenter son message de smileys, car mon écran se remplit de tout un tas de caractères cabalistiques.

« Bien ! Je suis déjà couché. Comme les poules ! »

Je veux rajouter que pour l'instant, les choses se passent au mieux, pour la rassurer. Mais, tandis que je m'escrime à enfoncer les touches, Katia a déjà dégainé.

« Eh bien, au moins tu vas pouvoir récupérer des mauvaises nuits d'Anatole ! »

Je cherche les émoticônes, en vain. Avant de réaliser qu'avec ce modèle très suranné d'appareils ils n'existent pas, Katia a embrayé.

« Je te laisse, Anatole me réclame. Il est super glue quand tu n'es pas là ! Prends soin de toi et surtout profite ! Je t'embrasse mon amour. »

Le téléphone posé sur mon ventre, je songe à Anatole. Comment perçoit-il son papa qui s'enfonce depuis des semaines dans les miasmes de la dépression ? Sa nature placide l'a-t-elle préservé de mes idées sombres ? Je tente de refouler cet assaut de culpabilité en détaillant le plafond. Certaines écailles de peinture menacent de me tomber dessus. À moult endroits, elles parsèment en petits copeaux le lino gondolé. Sacrebleu, que suis-je venu faire dans cette galère ? Certes, Katia m'a forcé la main. Je la comprends. Depuis que j'ai dévalé la pente, je suis comme une épave à la maison. En dehors de mes lubies pâtissières, je n'ai d'énergie pour rien. Incapable de me secouer, encore moins de m'occuper du petit. Un véritable poids mort. Et ce ne sont pas les antidépresseurs, supposés me redonner du tonus, qui m'ont sorti la tête du sceau.

Quant au psychiatre, chaudement recommandé par la médecine du travail, il a fait ce qu'il a pu. Malgré mon asthénie, j'ai suivi avec assiduité ses séances. Chaque jeudi à 14h, je me suis fait violence pour me transporter jusqu'à son cabinet. J'ai essayé de *verbaliser*, de lui décrire par le menu mes symptômes, ne lui épargnant aucune de mes angoisses et de mes turpitudes. J'ai accepté sans regimber ses médications. Nonobstant les trous et les omissions dans ma mémoire, je lui ai conté le récit circonstancié de mon effondrement. L'irruption de mon nouveau directeur, escorté de son escouade de consultants. Ceux par qui mes ennuis sont arrivés. Les chantres du management moderne : mes bourreaux, mes tortionnaires...

Mais force est de constater que mes progrès avec le psy sont bien maigres, pour ne pas dire inexistants. Et, à la façon dont à chaque fin de consultation, il me tend invariablement une main lâche en me gratifiant d'un pathétique *bon courage M. Dutertre*, je me sens fautif. Comme si, à force de m'écouter avec patience et civilité, toute la misère du monde s'abattait sur ses épaules. Non, j'avais besoin de quelque chose de plus radical pour me ressaisir.

Bien avant mon plongeon, Katia m'a entrepris sur la méditation de pleine conscience. Au CHU où elle exerce, la pratique a le vent en poupe. Des médecins l'expérimentent pour certaines interventions bénignes. On en vante les mérites comme alternative aux anxiolytiques. La direction de l'hôpital s'est même laissé convaincre que pour réduire les risques psychosociaux, des ateliers de méditation pourraient être utiles. Escompte-t-elle vraiment calmer la grogne sociale des soignants avec cet onguent anesthésiant ?

En tout cas, j'ai pu constater que depuis qu'elle s'est mise à la méditation, Katia est beaucoup plus apaisée. Elle qui considérait la vie domestique comme un sport de combat semble désormais s'accommoder plus facilement de la pâte molle que je suis. Notre attelage s'en trouve rééquilibré ; nos querelles se sont espacées ; son indulgence envers moi est plus grande. Accessoirement aussi sa disponibilité sur le plan sexuel, ce qui ne gâche rien.

Lorsqu'elle m'en a reparlé au début de ma traversée du désert, je me suis donc montré assez réceptif. Katia a fait des recherches, elle s'est renseignée auprès de collègues. Elle a fini par dénicher le centre Rimpoche, dans un périmètre raisonnable de Toulouse. Comme je suis bien incapable d'entreprendre quoi que ce soit, elle a appelé pour moi. Par chance, un désistement venait de se produire. Une place était disponible pour une retraite méditative dès la semaine suivante. C'était inespéré tant les plannings étaient pris d'assaut des mois à l'avance. Malgré mon atonie – à part réussir le panettone parfait, rien ne peut chez moi soulever un début de semblant d'enthousiasme – je me suis rallié de bonne grâce à sa proposition. *Va pour la méditation*... lui ai-je dit, en grimaçant au moment de signer le chèque de 800 euros. De toute façon, je n'étais pas en mesure de combattre ou de m'opposer à Katia. Et puis, je n'avais rien à l'horizon... Aucun projet, aucune perspective, si l'on fait abstraction de ma séance hebdomadaire avec mon psy poli mais navré. En outre, j'ai bien senti que Katia avait besoin de souffler. Depuis des semaines, elle assumait seule l'intendance, Anatole et sa loque de mari. Sa patience et son abnégation – elle qui est plutôt coutumière du verbe haut et de l'indignation facile – forcent mon respect. Malheureusement, je suis bien incapable de lui témoigner ma gratitude.

Mon éloignement pendant une petite semaine lui procurerait donc des vacances bien méritées.

C'est donc par le truchement d'un audacieux plan de l'hôpital pour cajoler les soignants et d'un accident de parcours que je me retrouve, ce soir, à coucher dans cette paillasse à l'odeur décidément fétide…

Coup d'œil à mon portable antédiluvien. 20h30… M'étant conformé à la lettre aux recommandations, je n'ai rien emporté qui puisse me détourner du *Noble silence*. Pas de livre, pas d'Internet, pas de télé… Et si j'allais me promener ? Mauvaise idée, notre maître nous a exhortés à poursuivre individuellement la méditation dans nos taules respectives. Il a même ajouté que c'est *le prolongement indispensable à nos séances collectives pour affermir notre technique*. Mais moi, être cloîtré à l'heure du JT me semble pire qu'une retraite au Carmel. Les moniales, elles au moins, sont loisibles de quitter leur cellule pour venir se distraire à l'office.

Est-ce que j'appelle Katia pour lui dresser un topo de ma première journée ? Mauvaise idée également. Pour une fois qu'elle ne m'a pas sur le dos, affairé en cuisine ou scotché au fond du canapé à zapper sur des émissions culinaires, je ne vais pas lui gâcher sa soirée en célibataire.

Par dépit, je me résous à réviser les exercices du jour. Je démarre doucement. Je commence par inspecter le trajet de l'air depuis mes narines jusqu'à mes poumons. Premier satisfecit :

être allongé, sans avoir à me soucier de ma posture, me facilite la tâche. De surcroît, affranchi du regard des deux ineffables dans leur cadre photo, je me sens plus libre. Gagné par une confiance nouvelle, je poursuis ma prospection. Le souffle de l'air s'écoule en moi, aussi mélodieux qu'un ruisseau de montagne. Il gorge mon sang de l'oxygène indispensable à chacune de mes cellules. Je passe en revue ma colonne, mes jambes, mes épaules. Une douce vague de chaleur se répand dans mon bas-ventre. Mes muscles, les uns après les autres, se décontractent. Une à une, mes vertèbres, depuis la nuque jusqu'au bassin, s'ajustent admirablement entre elles. Mon cœur, avec la régularité d'un métronome, orchestre la circulation des fluides. Avec une dextérité de maestro, je dirige le faisceau de la pleine conscience. Tout en moi est relâché. Extatique, j'éprouve les bienfaits de Vipassana. *Ici et maintenant !*

Stop ! Ceci est un *fake.* Une fiction montée de toutes pièces et dont j'essaie, à grand renfort d'optimisme déluré, de me persuader. Comme si bâtir ce scénario idéal, avec le plus de conviction possible, allait le faire advenir, par la seule force de la prophétie autoréalisatrice. Seulement voilà, je suis aussi doué pour la méthode Vipassana du sieur Lenghlet que pour l'autosuggestion du bon docteur Coué. La vérité, c'est qu'aussi bien couché qu'assis, la méditation m'emmerde prodigieusement ! Pire que ça, elle agit sur moi comme un instrument de torture.

Observer sans agir est un concept hors de ma portée. À force de disséquer mes respirations avec l'inflexibilité du contremaître, un véritable despote de la pensée s'érige dans mon cerveau. Et plus je cherche à dominer mon attention, plus le tyran domestique enfle. Il redouble d'effort pour réfréner, refouler et anéantir toutes ces vétilles qui surviennent continuellement. Sa tâche est cependant vouée à l'échec. Car, plus il entend contrôler, contraindre et régenter le flux de ma conscience, plus les pensées malicieuses et importunes se jouent de lui dans une forme de sabbat diabolique et pervers.

À tout prix, il me faut couper court à cette implacable mécanique. D'un geste rageur, je bazarde les couvertures et bondis sur mes deux pieds. Comme un lion en cage, je me mets à décrire des cercles autour de mon lit. Tentant d'évacuer à marche forcée les conflits qui déferlent en moi. M'interdisant formellement d'écouter mon corps. Déambulant compulsivement pour conjurer mes pensées. Telle une toupie affolée, je tourne de plus en plus vite, à m'en étourdir comme pour mieux m'oublier.

Combien de temps demeuré-je ainsi, à tournoyer tel un derviche à en perdre haleine ? Impossible à dire tant ma perception des choses s'est distordue. Au bout d'un moment, en nage et à bout de souffle, je chavire sur mon lit. Tout s'effrite, tout se brouille autour de moi. Mon esprit est un champ de ruine. Je me sens misérable et désespéré...

Si toutes mes forces m'ont abandonné, le sommeil pourtant ne veut pas de moi. Enseveli sous une épaisse couche de couvertures, les sous-vêtements trempés de sueur, je macère dans mon angoisse. Je vire un long moment d'un bord à l'autre du lit avant de me figer en position fœtale. Le chuintement d'un tuyau me parvient alors. Très vite, ce bruit agresse mes oreilles. Après la journée passée à côté d'un Jean-Jacques vrombissant, je ne tiens pas à être harcelé par le sifflement persistant d'un radiateur défectueux. Pour atténuer la nuisance, je m'enfouis la tête sous l'oreiller. Mais, je suffoque là-dessous. Que faire ? Je me rue vers les toilettes attenantes et m'empare du papier hygiénique. Je confectionne un bouchon artisanal que j'enfonce tout au fond de mes conduits auditifs. Le résultat est décevant : si le son est passablement étouffé, la pression abrasive du papier est si douloureuse qu'elle m'impose de retirer derechef ma sommaire protection.

Les tympans désobstrués, je surveille le radiateur. Objectivement, la stridulation est à peine audible. Mais elle est aiguë et ininterrompue. Et ce sifflet incessant est devenu ma nouvelle obsession. J'ai beau expérimenter tous les subterfuges pour entourlouper mon esprit – ressassant mon palmarès des desserts les plus réussis (strudel en tête !) – rien n'y fait. Mon attention est irrémissiblement ramenée à cette complainte vaporeuse. Aux grands maux, les grands remèdes ! Je décide de condamner le chauffage. Dans un état proche de l'hystérie, je me précipite vers le robinet d'alimentation. Merde ! Le mécanisme rouillé refuse d'obtempérer. La tuyauterie se serait-elle liguée contre moi ? À grand renfort de papier toilette, enturbanné autour de l'arrivée d'eau avec l'aide d'un lacet de chaussure et de mon porte-clefs, je bricole un serre-joint de fortune. Je m'acharne comme un damné sur l'écrou d'alimentation. À force d'assauts répétés, je parviens enfin à couper la chique à ce foutu robinet. Victoire ! Le satané bruit s'estompe aussitôt. Hagard mais satisfait, je reste assis un long moment à admirer mon œuvre.

Lorsque enfin je me remets debout, mon pied heurte un objet : mon téléphone, échoué lors de la bataille. J'en profite pour aviser l'heure. 2h15. Je vais être frais demain...

Incapable de me remettre au lit, j'enfile à la hâte mon pantalon, ma veste, mes chaussures sans lacet et sors en tirant la porte. Dans l'obscurité, je me dirige à la lueur des témoins des issues de secours. Pas un chat, pas un bruit... Je jalouse mes compagnons qui dorment à poings fermés. À tâtons, je parviens jusqu'à la porte-fenêtre donnant sur le parc. Dehors, la nuit est claire et sans lune. Un chapelet d'étoiles est accroché au ciel. Une fine couche de givre recouvre la végétation. Curieusement pourtant, je ne ressens pas la rigueur du froid, comme si mon thermostat, à l'instar du radiateur récalcitrant, s'était lui aussi grippé. Tâchant de ne pas trébucher sur les racines qui serpentent au sol, je longe le bâtiment principal, entre et emprunte le long couloir central qui conduit à la salle de méditation. Vide... Le gong, sur lequel se reflète la pâleur laiteuse des veilleuses de sécurité, me semble bien dérisoire. Je pousse jusqu'au vestibule, éclairé par la lueur cathodique du MacBook resté en veille sur le pupitre. Sur l'écran, un petit bouddha farceur défile et rebondit de manière aléatoire. Encore une facétie de Vanessa...

Je délaisse le réfectoire et, hardi, grimpe l'escalier qui conduit jusqu'au premier étage. Jusqu'ici, l'occasion ne s'est pas présentée d'explorer cette partie du centre. J'ignore d'ailleurs à quoi elle est destinée. Un rayon de lumière filtre sous une porte au fond à droite. Qui peut-il être encore debout à cette heure avancée de la nuit ? Interdit, je stoppe ma progression, me colle au mur, aux aguets. D'étranges bruits se fraient un chemin jusqu'à mes tympans. Des petits gémissements étouffés... Oui, féminins... Je tends l'oreille. Une autre voix me parvient, qui se superpose à la première... Quelque chose, de plus sauvage, mais de tout aussi organique... Le doute n'est plus permis ! Manifestement, Vanessa ou Marie-Béatrix – certainement pas Dalva que je place bien au-dessus de ces besoins terrestres – se fait gentiment enfiler par l'un des garçons de la communauté des servants. Excité, tout autant par cette découverte que par la crainte d'être pris en flagrant délit à espionner derrière les portes, j'essaie d'identifier les protagonistes de cette partie fine. Mais, les vagissements de plaisir sont trop diffus, trop entremêlés pour les différencier. Frustré, je finis par rebrousser chemin...

Après avoir traversé le parc fantomatique, je retrouve ma chambre. Un spectacle de désolation m'attend. Le lit est dévasté, un fatras de draps et de couvertures repose au sol, l'oreiller éventré a été projeté à côté de l'évier. Devant le radiateur, gisent un rouleau de PQ dévidé, deux lacets entortillés et mon trousseau de clefs, éclaté en plusieurs morceaux. Une flaque s'est également formée, alimentée par les gouttes qui suintent le long des tuyaux que j'ai brutalisés. Et par-dessus le marché, il fait un froid de gueux ! Piteusement, je ramasse les différentes couches de couvertures et m'assois sur le lit. Face aux vestiges des combats de ces dernières heures, un sentiment d'impuissance et d'inanité me submerge.

Plongé en pleine déréliction, je ne perçois pas les grattements à ma porte. Ce n'est que lorsqu'un jappement plaintif s'échappe que mon cerveau embrumé décrypte enfin l'information. Siddhârta ! Je me précipite pour lui ouvrir. Avec un air de supplicié, le chien de berger bondit sur mon lit pour s'y lover. Glissant ma main autour de son encolure chaude et musclée, je m'étends à ses côtés. Et, tout en lui causant comme à un nouveau-né, je sombre enfin dans un sommeil peuplé de rêves agités.

7

J2. En tailleur, sur mon frêle esquif, la tête chiffonnée par le manque de sommeil. Rimpoche me dévisage. Puisque je ne peux me soustraire à son regard bovin, j'engage la conversation.

Salut à toi, ô océan de sagesse ! Que dis-tu, ce matin, de ma posture amorphe ? Sache que je me donne du mal pour te contenter. Le remarques-tu au moins ? Arnaud, le disciple de ton disciple, ne tarit pas d'éloges à ton endroit. Il fait tout son possible pour nous transmettre ton précieux enseignement. Il ne ménage pas sa peine pour élever nos âmes vers la *Vérité de l'être*. Mais vois-tu, dans une communauté, aussi modeste soit-elle, il y a toujours un mouton noir. Un type qui pige moins vite que les autres. Un cancre, un raté, un pestiféré, un joueur qui marque contre son camp si tu préfères. C'est une loi statistique que j'ai pu vérifier en maintes circonstances. Et aujourd'hui, tout porte à croire que le maillon faible, c'est moi. Car j'ai beau m'échiner à suivre ma respiration, me conformer avec zèle aux consignes de celui qui se réclame de toi, rien n'y fait ! Cela n'imprime pas... Pire que ça, lorsque je fouille dans les replis de mon âme à la recherche de la *Vérité de mon être*, eh bien je ne vois rien. Aucune lumière, le vide sidéral et assourdissant ! M'en veux-tu d'être à ce point inconsistant ? Suis-je indigne de toi ?

Au fond, Sogyal – tu permets que je t'appelle par ton prénom maintenant que nous avons lié connaissance ? – je me contrefous de l'opinion que tu te fais de moi. Vipassana, ce n'est pas mon truc, voilà tout ! Je ne suis pas à mon affaire dans cette histoire. Suis-je d'ailleurs le seul être rétif à ton enseignement ? Pas sûr... Quand je mire mes camarades, posés comme des petits bouddhas idiots sur leurs coussins hideux, j'ai tout à la fois envie de rire et de pleurer. Jean-Jacques écume comme un veau marin ; une couverture sur la tête, Alban consulte ses SMS ; Noémie, la junkie des arkogélules, est à la peine.

Depuis ton poste d'observation, à l'abri et bien au chaud dans ton cadre en bois, tu as dû en voir défiler des aspirants à la sérénité dans tous les centres que tes disciples ont fondés aux quatre coins du monde. Des milliers de prétendants au *Ici et maintenant*, avides de recueillir les rogatons de ton enseignement, quelques larmes de ta sérénité. Parmi eux, certainement des convaincus en quête d'absolu ; des curieux attirés par les vents porteurs ; des poseurs venus compléter leur tableau de chasse du titre ronflant de méditant ; des paumés, essayant de mettre un peu d'ordre dans leur chaos intérieur, ou bien encore des calculateurs, intéressés de faire commerce de cette pratique que tu as popularisée... Comment procèdes-tu pour trier tes ouailles ? À ce propos, dans quelle catégorie me ranges-tu ? Les paumés, pour sûr...

M'en veux-tu de te traîner ainsi dans l'arrière-cuisine peu reluisante de ma psyché ? En te voyant, avec ton sourire fripon, je songe à l'apodictique coït dont j'ai été nuitamment le témoin. Un ancien couvent reconverti en sanctuaire à ta gloire n'est pourtant pas de prime abord un lieu de concupiscence. As-tu une explication à cet affolement des sens ? Peut-être les forces telluriques, chères à Dalva, travaillent-elles certains inconscients licencieux. Une autre question me taraude : consens-tu à cela ? Peut-être que je me méprends sur ton compte ? Peut-être es-tu *open* de ce côté ? Oui, je dois ouvrir plus grands mes chakras ! Après tout, dès l'instant où la chair est consommée, n'est-on pas intrinsèquement dans le *Ici et maintenant* que tu professes ? Ne s'agit-il pas là, au fond, de sa manifestation la plus ultime et aboutie ? Cela se tient, n'est-ce pas Sogyal ? Rien de scandaleux tout compte fait. Entre Vipassana et Kâma Sutra, il y aurait comme une parenté ou une continuité si tu veux. M'accordes-tu ce second point commun entre nous ?

– *Om Mani Padme Hum...*
– *Om Mani Padme Hum...*
– *Om Mani Padme Hum...*

Que cela me ragaillardit de prendre part à cette incantation obscure ! L'onde prend naissance sous le plexus solaire, puis remonte dans la gorge, empoigne les cordes vocales pour être enfin libérée, la bouche grande ouverte. La supplique se déploie comme un fil sonore tendu entre tous. À l'unisson, nous baignons dans une transe douce et ouatée. Même longtemps après la fin du mantra, son chant répétitif continue de résonner en moi, prolongeant ce délicieux bercement qui abolit les résistances, m'emportant insensiblement vers le sommeil.

Le réveil est abrupt. Tête lourde, corps perclus d'ankyloses, goût saumâtre dans la bouche... J'ai manqué de m'étaler sur le parquet en dévissant de mon coussin. Des pensées hargneuses m'assaillent : balancer le smartphone d'Alban, pilonner le gong, arroser copieusement d'insultes notre lama d'opérette.

Bien loin de la tempête qui règne sous mon crâne, et toujours empli de son assurance tranquille, Arnaud poursuit la séance.

– À présent, pensez au chat... Cet animal, plus que tout autre, est une source inépuisable d'inspiration... Car d'instinct le chat sait méditer...

Après le chêne, le roseau, voici donc le chat ! Croit-il vraiment que cela va nous procurer un billet de première classe pour le *Nibbaña* ?

– Songez à la manière dont le chat peut observer, avec patience et insouciance, le monde autour de lui… Il le contemple avec curiosité et avec confiance… Il est pleinement présent à l'instant…

Sans dévier, la Voix poursuit sur la piste féline.

– Bien… Maintenant que vous visualisez le chat, faites comme lui… Sans lever les bras, sans même bouger, étirez votre colonne… Vertèbre après vertèbre, avec la souplesse du félin…

L'étirement statique du chat ! Mais où pioche-t-il ces arguties ? Va-t-il nous demander de miauler en silence pour parfaire le tableau ?

Mes camarades ne semblent pas s'émouvoir de ces injonctions extravagantes. À ma gauche, front plissé et paumes tournées vers le ciel, Noémie s'exécute avec l'abnégation d'une dévote. Est-elle vraiment en train de faire le chat ? À son air studieux et convaincu, je le crains… À ma droite et malgré le lourd ronronnement qui le caractérise, Jean-Jacques n'incarne pas, lui, la grâce du félin. Avec ses bajoues suspendues à son double menton, il me vient plutôt l'image d'un basset trop bien nourri. Plus loin de moi, les autres font mine de se conformer docilement aux prescriptions farfelues de notre maître. Même Alban a sagement remisé son smartphone. J'ignore où ils vont tous puiser les ressources nécessaires à ces singeries.

Délaissant ce bestiaire invraisemblable, mon regard furète par la fenêtre. Un couple de rapaces ou de grands corbeaux – je n'ai jamais été calé en ornithologie – folâtre joyeusement. La virtuosité avec laquelle ils se jouent des courants ascensionnels pour virevolter, s'élever, planer, piquer ou demeurer en vol stationnaire, sans jamais se télescoper, me laisse admiratif. Si ma mémoire est bonne, les faucons sont comme les manchots, fidèles en amour et unis toute leur vie. À moins que cela ne soit les albatros. Peu importe...

Trop affairés à se prendre pour des petits félins, mes camarades passent à côté de cet interlude animalier. Notre guide, quant à lui, s'est de nouveau transmuté en sphinx marmoréen. Son corps ascétique et immobile flotte dans son sarouel. Respire-t-il encore ? Dans sa parfaite rigidité, on dirait le mime de rue qui, fardé d'une épaisse couche de cire grise, se statufie parfois place du Capitole à Toulouse.

Pour combler mon ennui mortel, je lorgne les affiches aux murs. Bougies, paysages enneigés, mains jointes, fleur de lotus, le tout assaisonné d'un florilège de citations à faire pâlir un rédacteur en chef de magazine de développement personnel : *La source est en toi*, *De la méditation naît la sagesse*, *La connaissance de soi est le commencement de la méditation*. Au-dessus, les deux inamovibles Rimpoche et Lenghlet président toujours en souverains muets notre stupide assemblée. Mon Dieu, qu'on en finisse !

Pour une fois, mon attente est vite exaucée. Sans raison apparente, et tout en décomposant avec une lenteur excessive chacun de ses mouvements, Arnaud se lève, fléchit sur ses genoux, se saisit de la baguette, puis d'un geste étonnamment vif et rapide, frappe l'instrument.

Bien que prévenu, je n'en demeure pas moins abasourdi. Comment cette chose, pas plus grosse qu'une casserole, peut-elle déchaîner un tonnerre digne du tocsin de Notre Dame ?

Que dire ensuite de ce troisième repas ? Rien... Je ne prête qu'une attention fluctuante aux conversations qui tournent principalement autour des petits tracas des uns et des bobos des autres. Une sorte de bilan d'étape où chacun y va de sa complainte personnelle. Aucun souhait pour ma part de déballer les détails de ma nuit sordide. Nos assiettes sont pleines d'une nouvelle bouillie douceâtre dont Marie-Béatrix a le secret. J'ingère sans moufter comme s'il s'agissait d'une ration de survie, fade mais nourrissante. Une fois encore, le thé m'est d'un grand secours pour faire couler tout ça.

Quartier libre ensuite. À la recherche de Siddhârta, je vagabonde le nez au vent dans le parc. Mais mon compagnon manque à l'appel, certainement retourné explorer la montagne. De guerre lasse, je me rabats vers l'accueil, avec la ferme intention d'embarquer un stock de brochures pour occuper ma soirée confinée.

Me dirigeant vers la porte d'entrée, le même relent de cannabis que la veille m'interrompt. Un peu en contrebas, Elvis sur sa pierre plate s'applique consciencieusement à pomper sur un trois feuilles.

– Salut, me lance-t-il, jovial.

– Salut, lui dis-je.

Ne voulant pas en rester là, je risque, un osé *ça va ?*

– *Yes man*, tranquille et toi ?

– Ça va, un peu fourbu quand même...

– T'inquiète, ça va passer ! me rassure-t-il, l'œil goguenard posé sur moi.

Je m'assois à côté de lui, sans vraiment savoir pourquoi. Peut-être parce qu'Elvis m'est sympathique...

– Tu veux tirer quelques lattes ? me propose-t-il, tout en me tendant le cône confectionné avec soin. Du travail d'orfèvre.

– Pourquoi pas ? dis-je, flatté par cette marque d'attention.

À la première bouffée, je manque de m'étouffer. Vexé, j'en inhale fissa une deuxième, tout en m'efforçant de conserver aussi longtemps que possible la fumée. Les poumons en feu, je réitère l'opération, en y mettant à chaque fois plus de conviction. La gorge me démange atrocement, mes yeux s'emplissent de larmes, le monde autour se met à tanguer, mon cœur cogne comme un marteau-piqueur jusque dans mes tempes... Pourtant, avec une froide détermination, je poursuis ma besogne. Les mains flageolantes, je finis enfin par restituer ce qui reste du bel ouvrage encore fumant à son propriétaire.

Cloué au rocher, incapable de prononcer le moindre mot, un camion de 36 tonnes vient de me passer sur les épaules.

8

Assis en salle de méditation, l'esprit vaporeux. Pourtant je me sens bien. Très bien même ! Je ne sais comment j'ai réussi à soulever et à trimballer ma carcasse rigide et tremblante de la pierre plate jusqu'ici. Mais, passé le blast et la sidération qui ont suivi ma dernière inhalation, l'atterrissage s'est opéré en douceur. Une décompression par pallier. Maintenant, je suis là, pleinement là, les yeux grands ouverts sur un monde tout neuf. En effet, tout est plus lisible, plus facile, plus lumineux. Même le grondement du gong, qui invariablement a ouvert la séance, m'a semblé tout à fait supportable. Derrière le souffle de la déflagration, toute une gamme de tonalités insoupçonnées et gracieuses se sont révélées à mes tympans. Incroyable qu'une poêle à frire puisse offrir des mélodies aussi subtiles !

Comme de coutume, la Voix, grave et envoûtante, nous invite à composer avec notre respiration abdominale. Sans accroc, je suis ses instructions. Avec acuité, je perçois la fraîcheur de l'air inspiré qui, tel un voile fin et léger, se dépose sur mes muqueuses. Un gémissement de contentement s'introduit dans ma bouche. La Voix me guide. Elle étend son emprise sur moi. Je m'abandonne à Elle. Je suis tout entier soumis à sa Volonté. Avec une précision chirurgicale, Elle aiguillonne ma conscience. Avec Elle, j'explore mes pieds, mes chevilles, mes mollets, mes jambes. Je remonte ensuite le long du bassin jusqu'aux épaules. Je perçois distinctement chacune de mes articulations, chacun de mes muscles, chacun de mes organes. Aucune pensée insidieuse ne vient troubler mon introspection. Les sens en éveil, je perçois tous les signaux émis par mon corps, y compris les plus infimes. Ici, un gargouillis dans mon intestin ; là, une contraction passagère dans les trapèzes ; là encore, un frisson qui caresse mes mollets ; et là enfin, un influx de chaleur qui irradie le diaphragme.

La succession lente et régulière des inspirations rythme mon exploration. En une sinusoïde parfaite, le flux et le reflux fraternellement se répondent. La vague croît jusqu'à ce que les poumons soient pleinement gonflés ; elle amorce ensuite sa lente décrue avant de reprendre son ascension périodique. Une oscillation primordiale qui s'opère de manière libre et autonome. La vie dans sa forme la plus primitive et la plus pure. Derrière cette scansion binaire s'intercalent d'autres mouvements intimes. De sa pulsation tranquille, le cœur marque le tempo. Oreillettes et ventricules alternativement se remplissent de sang propulsé le long de mes artères. Les organes vitaux jouent leur partition, équilibrée, selon des règles qui leur sont propres et qu'ils maîtrisent à la perfection. Mon estomac accomplit son patient travail de digestion. Mes muscles œuvrent au maintien de la posture. Chaque organe est accordé aux autres. Tous concourent aux fonctions biotiques dans une splendide homéostasie. Car je suis vivant. Vivant, nom de Dieu !

Bouleversé par cette révélation, j'ouvre les yeux. Une lumière immaculée caresse ma rétine. Les rayons du soleil réchauffent mon visage, des milliards de photons se réfléchissent sur ma peau. Chacune de mes cellules captent, emmagasinent et restituent un peu de cette énergie fondamentale. Non seulement je suis vivant, mais plus que ça, je suis Soleil, je suis Lumière, je suis Énergie. *Je suis la vérité. Le soleil, la lune, la terre, l'infini, tout ce qui est Infini. Je suis cela.* Le mantra résonne en moi, comme si son sens profond m'était tout à coup divulgué. En accord avec les forces telluriques, *la Vérité de mon être resplendit ! Ici et maintenant !*

Ébloui par la splendeur de cette vérité, mon ego se dissout. Mon esprit quitte l'enveloppe charnelle. Il vogue au-dessus de mes coreligionnaires, alignés comme des petits soldats appliqués. En surplomb, je peux dorénavant fixer, les yeux dans les yeux, le gourou Rimpoche et son disciple suisse, emprisonnés dans leurs cadres bigarrés. À bien les regarder en face, ils ont perdu de leur superbe. Rien d'extraordinaire n'émane d'eux. Deux vieillards dépassés par les évènements... Délaissant Rimpoche et son acolyte, je me transporte désormais au-dessus du couvent, au milieu du couple de rapaces qui a élu domicile non loin d'ici. Les deux oiseaux de proie ignorent ma présence et c'est très bien ainsi. Étendu sur la pierre plate d'Elvis, Siddhârta couché sur le flanc prend un bain de soleil. Je pique dans sa direction et viens me blottir contre lui. Enroulé contre ce corps chaud, je m'assoupis.

La soif m'arrache à mes divagations oniriques et me ramène brutalement au plancher terrestre. Ma bouche est aride, mon gosier sec. Je donnerais n'importe quoi pour une once de thé épicé de Marie-Béatrix.

Et maintenant mon acrimonie naturelle revient au galop. Le gros Jean-Jacques, avec sa soufflerie d'usine, sa panse de ruminant et son pull-over en maille côtelée, cristallise de nouveau toute mon attention bilieuse. Sa dégaine de prof de maths, son insupportable manie de vouloir se placer au-dessus de la mêlée et sa grotesque pose de nénuphar fané me débectent au plus haut point. C'est physique, c'est viscéral... De surcroît, il pue ! Il dégage un fumet méphitique, mélange de sueur et de chien mouillé. Moi, qui tout à l'heure étais proche de la quiétude du lama en lévitation, me voici de nouveau la proie de mes bassesses courroucées. Et toutes mes détestations confluent vers ce pauvre Jean-Jacques que j'accable de tous les maux. Pourquoi diantre, un type qui frise les soixante-dix ans bien tassés, qui pourrait tranquillement couler une retraite paisible en jardinant, en cuisinant ou en faisant des sudokus, étrenne-t-il sa bedaine dans des sessions de méditation ? Inconcevable... Combien de générations de collégiens a-t-il traumatisées avec ses certitudes péremptoires, son odeur rogue et ses pulls abjects ? Mais au juste, d'où tiens-je que cette baudruche malodorante et bruyante était prof de maths ? Je n'en sais foutrement rien... Pour mon esprit fielleux cependant cela ne fait aucun pli : un type aussi repoussant et infatué ne peut être que prof de maths. Note pour plus tard : en parler à mon psy poli mais navré.

Et alors que je continue à sécréter mon venin sur mon voisin de droite, notre guide remet le couvert avec ses consignes barrées.

– Bien... Maintenant que vous êtes parfaitement concentrés, que vous maîtrisez la technique de base de la respiration, dans le prolongement de ce que nous avons esquissé ce matin, nous allons reprendre la méditation du chat... Le chat est une source infinie d'inspiration pour le méditant... L'animal est naturellement doué de capacités d'observation hors pair ; il est économe en moyen ; il n'a nul autre pareil pour conjuguer souplesse et adresse... Ce n'est pas un hasard s'il est vénéré depuis toujours dans les grandes civilisations avancées...

Pas de doute, nous avons affaire à un adorateur du chat... D'où lui vient cette passion ailurophile ?

– Le chat incarne mieux que n'importe quel autre animal la grâce du mouvement... Il possède ce don inestimable de la patience et de la délicatesse... Il sait aussi faire preuve de vélocité et de grandes capacités athlétiques...

À ce stade du récit, je dois confesser mon aversion de toujours pour les chats, contrairement à ma sympathie naturelle pour leurs lointains cousins canidés. Derrière son allure gracile et racée, j'ai toujours considéré que le regard matois du petit fauve trahissait une nature foncièrement sournoise. Aussi, ma méfiance grandit à mesure que notre maître s'enferre dans sa métaphore féline.

– Comme le chat, aiguisez votre odorat... Distinguez la senteur boisée dégagée par le parquet...

Alors que bon an mal an, j'avais réussi à évacuer le problème, le bouquet musqué de mon voisin de droite embaume de nouveau mes narines. Je ne peux faire autrement que de renifler ce remugle fauve, humide, tirant sur le poivré. Autant dire que la note tannique du bois relève de la pure abstraction.

– Le chat, même lorsqu'il est au repos, conserve une oreille vigilante à ce qui l'entoure... Il a cette faculté à distinguer un son précis de son environnement acoustique... Vous avez aussi cette capacité à combiner votre attention flottante à la rumeur du monde et à en isoler une sonorité distincte... Écoutez par exemple le fredonnement du vent qui nous vient du parc... En même temps, percevez le souffle de votre propre respiration...

Mauvaise pioche encore. Le souffle lourd de l'encombrant Monsieur Jean-Jacques sature l'atmosphère. Il est écrit que mon voisin sera mon boulet, ma tête de turc, ma plaie, mon bouc émissaire, le déversoir de mes aigreurs, de mes colères et de mes frustrations. Rien que son prénom est une insulte aux convenances les plus élémentaires. Mais, pourquoi tant de haine à son endroit ? Pas certain que mon psy poli mais navré ne sache, sur ce point comme sur les autres, me fournir une explication qui tienne la route.

La Voix reprend, bien décidée à faire de nous des petits chatons obéissants. Va-t-il nous inviter à faire pipi dans la litière en partant ?

– Dernier exercice issu de la méditation du chat : la finesse du toucher... Le chat possède une sensibilité tactile hors du commun grâce à ses coussinets finement innervés, grâce aussi à ses moustaches qui fonctionnent comme des antennes... Ses instruments très perfectionnés lui permettent de se mouvoir avec grâce et élégance... Songez à son incomparable sens de l'équilibre : en quelques bons agiles, il grimpe jusqu'à la cime des arbres pour s'y tenir parfaitement stable et perché…

Moi aussi je reste suspendu en vol… Perché ? Je pèse et soupèse ce dernier mot… Quelque chose me turlupine… Et soudain, la connexion s'opère. Deux fils se touchent, une décharge électrique jaillit. Chat perché ! Ce sobriquet tombe du ciel ! Et dans la seconde, il s'impose comme une suprême évidence. Je m'enivre de ma trouvaille. Et lorsqu'Arnaud reprend sa démonstration féline, ma jubilation s'accroît.

Chat perché, Chat perché, fais de moi ce qu'il te plaira ! Je veux bien être ta souris ! Chat perché, Chat perché, viens m'attraper si tu peux !

À mesure que la Voix poursuit son ode au minet, l'euphorie me gagne. À grand renfort d'inspirations abdominales, je tente de réprimer mes ricanements. Mais une réaction en chaîne s'est enclenchée. Amplifiée par les substances encore actives dans mes synapses, elle s'emballe. Le fou rire, irrépressible, me déborde et fait sauter tous les verrous de la bienséance. Agité de soubresauts, des glapissements aigus s'échappent de ma gorge. Et lorsque je réalise qu'Arnaud, empêché de poursuivre sa démonstration féline, me fusille du regard, mon effusion redouble de vigueur, charriant bientôt avec elle un beuglement tonitruant.

Profitant d'un court répit dans mon hystérie, je parviens à me mettre sur pied. J'aperçois alors furtivement Elvis qui m'adresse une œillade appuyée. En titubant, je traverse la salle, sous les yeux écarquillés de mes camarades, partagés entre consternation et condamnation. Et tout en me gondolant furieusement, je m'exfiltre pour aller purger ma crise de fou rire dans le parc.

Merci Elvis, merci pour ta contribution ! Merci pour tes remèdes bien plus efficaces pour me dérider que la Mirtazapine de mon psy poli mais navré ! Merci surtout à Chat perché pour sa prestation inoubliable !

9

Les effets euphorisants des cannabinoïdes se sont désormais totalement dissipés. D'un œil morne, je contemple mon assiette. Mes camarades ingurgitent sans broncher leur portion, tout en me jetant de temps à autre des regards obliques pleins de commisération. À moi seul, j'ai quasiment vidé la théière. Et pourtant, mon corps réclame encore et toujours à boire. Lorsque Marie-Béatrix vient déposer un nouveau brouet de son cru, n'y tenant plus, je me lève, saisis mon assiette et en évacue le contenu indéfinissable dans le sceau destiné au compost. Puis, sans me retourner, je déserte le réfectoire pour aller m'emmurer dans ma cellule.

Au robinet, je lape une nouvelle grande quantité d'eau pour me réhydrater. Puis, je me laisse choir sur le lit qui soupire de réprobation. Comateux, je somnole vaguement sans parvenir à trouver le sommeil. Je dérive sur un bateau qui prend l'eau de toute part. Dans mon état de demi-conscience, d'étranges créatures viennent me visiter. L'une d'entre elles revêt grossièrement les traits d'Alban. Même veste ajustée, même smartphone perpétuellement vissé à la main, même attitude suffisante. Les contours évanescents de cette apparition peu à peu se dévoilent. Le visage s'affine. Deux fentes que percent des pupilles immobiles, un sourire carnassier, un nez découpé au scalpel, une barbe faussement négligée… David Hubert, l'un des consultants envoyés par les grandes huiles dans mon antenne de l'Agence nationale de l'emploi. Derrière lui, un autre personnage se dessine : Romain Coutras, son alter ego, si ce n'est la taille légèrement plus ramassée et le regard métallique protégé par des lunettes aux montures transparentes.

Les stakhanovistes du tableau Excel, les méthodologues en chef, les apôtres du nouveau management… Et dire que j'ai ouvert, grandes, les portes de mes bureaux de mon antenne à ces deux clones. J'ai creusé moi-même ma tombe, il y a un an presque jour pour jour. Je les revois débarquer en ce petit matin d'automne morose. Avec leurs manières urbaines, leurs costumes cravates ajustés de rigueur, leur sac à dos sport transportant leur ordinateur portable… Deux sbires téléguidés par mon nouveau patron, fraîchement propulsé à la tête de la direction Occitanie de l'Agence de l'emploi après une carrière éclair dans le conseil. Encore bercé de mes illusions tranquilles, je ne m'étais pas méfié. J'aurais dû...

À l'époque, je me levais encore chaque matin avec le sentiment estimable que j'étais utile à quelque chose. Oh, certes en presque vingt ans de boutique à l'Agence nationale de l'emploi, j'en avais connu des coups de Trafalgar. La fusion douloureuse avec les caisses de cotisations sociales dans les années 2000, la crise financière de 2008 et son cortège de plans sociaux, les bugs informatiques à répétition... Oui, j'avais eu mon lot de dossiers boiteux avec lesquels j'avais dû me dépatouiller. Dans la tourmente pourtant, j'avais gardé la tête froide et blanchi sous le harnais, j'avais révélé à l'épreuve des faits un tempérament étonnamment combatif et pugnace. Jamais aussi radieux qu'en pleine tempête, galvanisé par cette idée flatteuse d'être un rouage incontournable. Oui, trouver du boulot aux chômeurs, c'était devenu au fil des années ma pitance, mon carburant pour avancer, un peu comme on donne du foin à un âne.

Rien ne me prédestinait à ce job plutôt qu'à un autre d'ailleurs. Certes, issu d'une famille d'enseignants laïcards, j'avais été nourri aux valeurs du service public depuis ma plus tendre enfance. À gauche toute, dans le joyeux tumulte des *seventies*, mes géniteurs avaient au fil des ans gentiment viré vers un socialisme bon teint, tout en restant de toutes les manifs : de la loi Devaquet en 86 jusqu'aux régularisations des sans-papiers dans les années 2000. Les défilés du 1er mai étaient chez nous une institution. Mon frère et moi avions été les spectateurs privilégiés, quoique passifs, de leurs engagements, de leurs débats enflammés et de toute la faune anarcho-écolo-gauchiste qui gravitait dans leur orbite.

Sans briller, mais sans forcer non plus, j'avais déroulé le parcours attendu d'un fils d'enseignant. Sans truster les podiums de l'excellence scolaire, j'avais fini par intégrer un petit Institut d'études politiques, en l'occurrence celui de Toulouse qui avait, à mes yeux, comme principale qualité d'être à côté de chez moi. À dire vrai, je n'avais pas une conception arrêtée de ce que je voulais faire et aucune velléité de quitter le douillet nid familial. Docilement donc, j'avais suivi les conseils du paternel, qui considérait le cursus « sciences po » comme suffisamment prestigieux et généraliste pour ne me fermer aucune porte (sic !). Du reste, les faits lui avaient donné raison. Au hasard d'un stage en dernière année, j'avais atterri à l'Agence nationale de l'emploi. Sans parler de révélation, le terme serait excessif, ce boulot m'avait botté. Ayant hérité d'une méfiance instinctive pour le monde de l'entreprise et n'ayant pas d'appétence pour la carrière de fonctionnaire qui pourtant me tendait les bras, l'affaire me paraissait un bon compromis. Au demeurant, c'était convenablement rémunéré. Car en dépit des idéaux familiaux ancrés à gauche, je n'étais pas contre un minimum de confort matériel et pécuniaire. Cerise sur le gâteau, c'est aussi grâce à l'Agence que j'avais rencontré Katia, alors en pleine reconversion professionnelle vers le métier d'infirmière. Son sourire mutin, sa taille ondoyante et son rentre-dedans efficace avaient vite fait fondre mes quelques réserves professionnelles.

Recruté directement à la sortie de l'école comme simple chargé de mission, j'avais progressé de manière linéaire, jusqu'à prendre à trente-sept ans la tête d'une antenne de l'Agence de l'emploi aux portes de Toulouse. Mon ascension, sans être fulgurante ou calculée, témoignait cependant des capacités d'adaptation et de décision que j'avais réussi à me bricoler sur le tas. Oui, j'étais à ma place. Et, à l'approche de la quarantaine, j'appréhendais ma seconde partie de carrière de manière raisonnablement sereine... L'irruption de Romain Coutras, David Hubert et consorts avait mis brutalement fin à cette relative quiétude.

Ah, je les visualise très bien ces spadassins du management *up-to-date* qui aujourd'hui viennent me hanter et me narguer dans mes songeries post-cannabinoïdes. Et derrière ces hommes de main, un peu en arrière-plan, je devine, tapi dans l'ombre, le commanditaire de cette entreprise de démolition : François Soltis... Si son visage est flou, j'entends distinctement sa voix, rugueuse comme du papier de verre, et ses mots plantés comme des coups de canif dans ma mémoire. *Mon ambition est simple,* m'avait-il énoncé lors de notre premier échange téléphonique, *je veux retendre la chaîne managériale. Ma méthode l'est tout autant. Elle repose sur trois piliers : gagner en productivité, réduire les coûts, rationaliser l'organisation*

Pour être honnête, je n'avais pas perçu à l'annonce de ce programme une rupture franche avec son prédécesseur et encore moins flairé le danger. *Le management par objectif, le contrôle de gestion,* je nageais déjà en plein dedans. Enrobées dans une novlangue managériale, ces injonctions se traduisaient la plupart du temps par des batteries d'indicateurs plus ou moins fantaisistes à renseigner. Avec un peu d'expérience, on parvenait vite à expédier l'exercice. Avec un peu de métier et de rouerie, on pouvait même en tirer quelques avantages. Il suffisait de savoir maquiller habilement quelques chiffres et travestir plus ou moins grossièrement quelques tableaux. C'était l'assurance de décrocher plus facilement des miettes de crédits de fonctionnement et des effectifs supplémentaires. J'avais fini par trouver une certaine satisfaction à me plonger dans cette cuisine absconse. Entre initiés, c'était même devenu un sport national que d'arracher quelques subsides de cette grande lessiveuse pour mieux faire tourner sa crémerie. Une filouterie en bande organisée, dont personne n'était véritablement dupe.

En dehors de cet exercice de style imposé – un peu affligeant j'en conviens – on me foutait royalement la paix. Je pouvais donc me focaliser sur ce qui constituait à mes yeux le sel de mon métier : sortir les chômeurs de l'impasse, convaincre les entrepreneurs d'embaucher. Avec de l'entregent et un carnet de chèques bien garni, on était tout de suite plus convaincant. En bon VRP, j'écumais tout ce que mon protectorat compte de notables et de potentats locaux. J'arrivais à écluser ma marchandise : ici, un emploi jeune ; là, un contrat aidé et un allègement de charge ; là-bas, un contrat d'alternance tous frais payés. Je labourais le terrain, ne négligeant jamais d'honorer un sous-préfet, un élu influent ou un journaliste local. Oh certes, je ne faisais pas non plus des miracles. Les chômeurs les plus incurables le restaient et, quoi que je fasse, le taux de sans-emploi de ma circonscription suivait mécaniquement la tendance nationale. Mais mon antenne turbinait correctement et les louanges tressées par quelques chômeurs et chefs d'entreprises reconnaissants suffisaient amplement à mon bonheur.

En interne aussi, je soignais ma popularité. Quand il le fallait, je passais une soufflante à l'encontre d'un conseiller trop oisif. Pour le principe, je ferraillais avec mes représentants syndicaux locaux sur des sujets aussi anecdotiques que le changement des cuvettes des toilettes ou l'élargissement des plages horaires de pointage. Sans fausse modestie, je peux dire que je m'en sortais bien. J'étais même plutôt doué pour le job. Je présidais aux destinées de mon antenne en véritable petit patron. Patron certes, mais patron social, patron progressif et patron responsable, me plaisais-je à répéter à qui voulait bien l'entendre. En somme, à quarante-deux ans, ma motivation n'était pas encore entamée, mon ambition demeurait honnête et mes rêves mesurés.

Aussi, lorsqu'un mois après son arrivée, François Soltis avait convoqué le ban et l'arrière-ban pour nous administrer son leitmotiv – *retendre la chaîne managériale* – j'étais ressorti de la réunion perturbé certes, mais pas non plus défait. Et lorsque quelques jours plus tard, il m'avait téléphoné, pour savoir si j'étais disposé à accueillir un binôme de consultants en immersion longue dans mon antenne, j'avais accepté sans renâcler. Qu'avais-je à craindre ?

Trois jours plus tard, je voyais débarquer David Hubert et Romain Coutras. Que venaient-ils faire chez moi au juste ? Je n'en savais fichtrement rien. Bon soldat, je les avais accueillis avec égard, les introduisant dans tous les cercles possibles : cellules de reclassement, comité de suivi du plan de sauvegarde de l'emploi (PSE) automobile, réunions de concertations syndicales... Au début, les frères siamois du consulting s'étaient montrés discrets et évasifs sur leurs intentions. Ils s'exprimaient rarement, se contentant la plupart du temps de se poster en fond de la salle et de taper des notes au kilomètre sur leurs claviers. Baissant la garde, j'avais fini par m'accoutumer à ces deux mormons d'école de commerce à la mise toujours impeccable.

C'est lorsque je les avais vus, tout mielleux, clampiner auprès des conseillers, poser des questions de plus en plus spécieuses, et puis un beau jour dégainer un chronomètre pour mesurer je-ne-sais-quoi que j'avais commencé à tiquer. Leur présence, jusqu'ici discrète, s'était faite plus visible et bientôt pesante. À l'évidence, ils cherchaient quelque chose. Affûtant leurs questions, les soumettant à plusieurs interlocuteurs. Insistant, revenant à la charge, passant sur le gril les informaticiens et les chefs d'équipes. Consultant les historiques de gestion de dossiers. Vérifiant, recoupant les informations. Prenant des notes à la volée dans d'insolentes positions de funambules. Remplissant toutes sortes de tableaux, dessinant des graphes colorés qui zébraient leurs écrans partitionnés. Se métamorphosant au fil des jours en petits enquêteurs vétilleux et pénibles, tout en prenant soin, toujours, de me tenir soigneusement à l'écart de l'avancement de leurs travaux. De plus en plus contrarié, je les avais laissés officier, me rassurant comme je le pouvais. Je n'avais rien à cacher, n'est-ce pas ?

Puis, un jour, au bout d'environ trois mois, ils étaient partis. Comme ça, sans prévenir, sans crier gare. Bon débarras ! Qu'avaient tiré de leur passage les deux missionnaires ? Mystère... Toujours est-il que je n'entendis plus parler d'eux pendant plusieurs semaines. Était-il en train de sévir auprès d'autres collègues ? Je n'osais sonder François Soltis avec lequel mes relations étaient plutôt tièdes. J'avais vite cerné le personnage. Je n'aimais pas ses pratiques. Son manque de transparence, le secret et le cloisonnement érigés en méthode. Quelque chose à l'évidence se tramait...

Le couperet était tombé un vendredi après-midi de mars à Toulouse, devant un parterre de directeurs d'antennes. Les deux auditeurs étaient subitement réapparus pour présenter le fruit de leur travail. Cinquante-quatre *slides*, siglés au nom de leur cabinet d'audit, foisonnant de courbes, de tableaux et de graphes. Mise en page léchée, structurée en *bullets points* pour mettre en exergue les *points saillants*. Le tout asséné sur un ton monocorde par l'inséparable duo. Les constats étaient sans appel, les conclusions au vitriol. Pour la faire courte : tout était à revoir... Tout ! Les moyens humains ? *Les gisements de productivité étaient énormes*. Les approches managériales ? *Archaïques et dépassées*. L'organisation ? *Défaillante et inefficace...*

La charge était rude, la mise en accusation cinglante. Tassé au fond de ma chaise, j'assistais à mon procès, ou plutôt à ma lapidation sans pouvoir me défendre. Leurs recommandations étaient tout aussi musclées. Il fallait tout remettre à plat, avec une seule ambition maîtresse – je vous le donne en mille ! – *retendre la chaîne managériale de haut en bas.* Et pour réussir *ce saut organisationnel*, une méthode et une seule était préconisée : *le lean*, en français dans le texte, le *maigre* ou le *dégraissé*, vanté par les deux experts endimanchés comme *La Révolution copernicienne* du management moderne.

Au regard onctueux de François Soltis à l'issue de l'exposé des deux fossoyeurs, je compris qu'il barbotait en pleine béatitude. Dans la salle soufflait un grand vent frais, balayant avec lui stupeur et critiques. Quelques-uns, sûrement en train de jouer le coup d'après, arboraient un air très convaincu. Recroquevillé, je serrai les dents, désireux que d'une chose : renvoyer ces deux péteux tout frais et émoulus vers le monde du conseil qu'ils n'auraient jamais dû quitter. Pourtant, je savais que quelque chose venait de se jouer, là sous mes yeux ahuris. Un virage à 180 degrés qui faisait que rien ne serait jamais plus comme avant.

Tandis que je rembobine ainsi le film de ces derniers mois, un grattement derrière la porte me ramène à ma condition spartiate du moment. Machinalement, je me redresse et actionne la poignée. Une chenille velue rampe par l'entrebâillement. Siddhârta... Comme s'il saisissait que je ne suis pas à la fête ce soir, ses effusions sont plus sobres qu'à l'accoutumée. Après avoir quand même quémandé ses caresses syndicales, il va sagement s'allonger sur le tapis miséreux qui fait office de descente de lit. La tête posée entre les pattes, il m'observe avec douceur et mélancolie. Les yeux dans les yeux, nous devisons un long moment. Régénéré par cette présence amie, je reprends le fil de mes souvenirs. La chronologie de mon irrémédiable glissade vers l'abîme me revient de manière nette et précise.

10

Après l'audit réalisé par les deux suppôts de François Soltis, la situation n'avait pas tardé à évoluer. Mon nouveau patron avait le sens du tempo et de la suite dans les idées. Dès la semaine suivante, il dégainait une salve d'indicateurs – *de performances, de résultats et d'efficience* – qu'il fallut renseigner dans les plus brefs délais. L'étape dite *diagnostic consolidé et partagé*. Partagé par qui ? Assurément pas par votre serviteur... Ces tableaux imbitables servirent à François Soltis et aux consultants à bâtir *un plan d'actions pour décliner l'ambition stratégique de l'Agence de l'emploi en Occitanie*. Quelle était cette grande ambition stratégique ? Elle se résumait, à dire vrai, en une formule frustre, un slogan basique martelé à longueur de mails et d'interventions : *augmenter de 30 % notre productivité d'ici la fin de l'année*. Pour atteindre cet objectif, chaque directeur d'antenne se verrait affublé d'un consultant chargé de l'accompagner pour *impulser et porter les changements en interne.* Plus crûment, il s'agissait de nous marquer à la culotte. Pour couronner le tout, un comité de suivi se réunirait chaque semaine pour rendre compte des progrès réalisés par chacun dans la mise en œuvre des actions.

Les grandes manœuvres étaient engagées et la *task force* de mercenaires se déploya pour nous mettre au pas. Elle commença par nous abreuver à son tour de tableaux de bord. Une vraie frénésie de chiffres à remonter tous les jours : effectifs, dossiers, suivi du temps, portefeuille de chômeurs, contrats aidés, lignes budgétaires consommées, montants versés... Les consultants s'empressaient d'intégrer ces données dans leurs tablettes. En plus de cette chiffromanie aiguë, ils imposèrent un nouvel idiome. Les termes *process, application programming interface, work flow, ticketing, case management* fleurirent bientôt dans toutes les conversations. Avec ce jargon truffé d'anglicismes, les spécialistes du lean nous firent clairement comprendre qu'ils n'étaient pas des nôtres, mais bien là en service commandé. Leur credo ? Traquer le gras, chasser le gaspillage, débusquer des économies, rogner les budgets... De véritables *cost-killers*, rompus, surentraînés, capables de vendre leur mère pour gagner quelques pouièmes de productivité.

En l'espace de quelques semaines, toutes les missions des antennes de l'Agence, depuis l'accueil des chômeurs jusqu'au versement des allocations furent découpées, saucissonnées, passées à la moulinette des tableurs. Avec toujours cette obsession maladive d'exhumer des filons de productivité, comme s'il existait des vices cachés à tous les étages. Les virtuoses de la macro Excel décomposaient chaque tâche en *unité d'œuvre* mesurable, quantifiable, évaluable. En névropathes effrénés, ils passaient au tamis de leurs matrices toute l'activité afin de la *modéliser*. Marqueurs en main, ils tapissaient leur *paper board* de schémas amphigouriques et de logigrammes byzantins.

Une fois les *process* dépliés, miniaturisés et calibrés, une nouvelle espèce de consultants fit son apparition : les *intégrateurs*. Une sorte de sous-geeks, envoyés en seconde ligne pour *implémenter le process*, grâce à l'informatique. L'industrialisation était en marche. L'organisation s'apprêtait à passer en coupe réglée.

Avec les intégrateurs, le *case management* remplaça bientôt la gestion des dossiers d'allocataires. Les programmes informatiques dégorgeaient leurs *work flows* ou flux de données à traiter dans des *paniers d'activités virtuels*. Désormais, n'importe quel conseiller, où qu'il soit, pouvait prendre la main et traiter un dossier à distance. Nous étions désormais fondus dans un Grand Tout, un vortex de process. Toutes formes d'individualisation du travail furent bannies. *Has been* les lignes téléphoniques directes des conseillers, *has been* les adresses mail personnelles. Bienvenue à l'ère du *ticketing, des boîtes aux lettres génériques et des plateformes d'appels mutualisées.*

Une myriade d'outils, répondant aux noms des dieux de l'Olympe, envahirent nos écrans. Tout le Panthéon grec y passa. Outre qu'ils étaient peu ergonomiques et contre-intuitifs, la plupart du temps ces bidules informatiques ne fonctionnaient pas. Pour les rafistoler, on installait en urgence des *patchs correctifs*, censés tout remettre d'équerre en une nuit, mais qui déclenchaient immanquablement des nouveaux bugs en cascade. Nous écopions sans cesse dans ce tonneau des danaïdes pour corriger à la main des montagnes d'aberrations informatiques.

Mais le plus grave n'était pas là. Malgré leurs défaillances, la véritable vocation de ces applications n'échappa à personne. Le minotaure informatique n'était là au fond que pour servir l'ultime et inavouable ambition du lean : fliquer le boulot de tous, partout et tout le temps. Poséidon (l'application de gestion de dossiers) et Artémis (l'outil de planification des rendez-vous) s'avérèrent de véritables mouchards, bien plus performants et redoutables que le plus obtus des contremaîtres... Avec une précision diabolique, ils enregistraient tout, traçaient tout, mesuraient tout, quantifiaient tout, ne laissant aucun angle mort. Quoi qu'il fasse, le conseiller de l'Agence était cerné. La machine avait pris le pouvoir. Elle donnait corps au rêve démiurgique des inspirateurs du lean. Rien ne lui échappait. Elle remplacerait prochainement le cadre, devenu superflu pour organiser, planifier, distribuer, superviser et évaluer le travail. Grâce à l'intelligence artificielle, sur laquelle l'Agence fondait beaucoup d'espoirs, elle se substituerait demain aux conseillers. Le cauchemar orwellien prenait forme. *Exit* le chômeur, l'écoute bienveillante et l'accompagnement individualisé ; *bye-bye* les conseillers ravalés au rang d'auxiliaires du minotaure numérique. Vive le retour des Temps modernes, façon 3.0... *Big Brother is waiting for me!*

Et moi dans tout ça ? En tant que directeur d'antenne, il était attendu que je collabore activement à cette organisation paranoïaque. Plus que ça, que j'y adhère avec la foi du nouveau converti. *Le charisme et la force de conviction du manager sont des éléments moteurs pour embarquer les équipes vers ce saut organisationnel qu'est le lean,* claironnaient les éléments de langage destinés à nous *acculturer à cette approche innovante.* Pour accomplir cette grande œuvre civilisatrice, les consultants *en organisation* avaient pour mission de nous *armer intellectuellement.* Officiellement, ils devaient *accompagner le manager, en identifiant avec lui les pistes pour surmonter les résistances au changement.* Ils veillaient à ce que nous prêchions la bonne parole auprès des équipes. De véritables petits commissaires du peuple, le petit livre rouge remplacé par *Le vade-mecum du lean.*

L'accompagnement au changement prit la forme d'un programme d'endoctrinement massif. J'observais, consterné, mes équipes se faire imposer une organisation au cordeau et asservir par la machine, aussi résignées qu'un troupeau qui se sait condamné à l'abattoir. Les syndicats, dont j'espérais encore secrètement un sursaut, ne protestèrent que très mollement. Quant à moi, je laissais faire. Rien de tout cela ne m'inspirait, mais je ne me sentais pas de taille à m'opposer à cette broyeuse, ou plutôt à cette *révolution managériale en marche* devrais-je dire pour reprendre l'une des vulgates préférées de François Soltis. À la tête de son équipe de consultants constitués en garde prétorienne, il était en pleine crise d'onanisme. À chaque comité de suivi, il s'auto-congratulait des avancées enregistrées sur le front de la productivité. Il usait et abusait de métaphores guerrières. Sa stratégie était la bonne ; *le déploiement des process était conforme aux prévisions ; grâce à l'intense travail de conviction, les esprits étaient désormais mûrs pour le lean.* Il se vivait en stratège génial et visionnaire. Il n'avait pourtant pas inventé la poudre, mais simplement recyclé un vieil avatar du taylorisme le plus échevelé...

À sa grande satisfaction pourtant, *la chaîne managériale se retendait*. Sur le terrain, un climat de méfiance généralisé s'installa. Les rumeurs se répandaient comme des traînées de poudre. Certains colportaient des bruits de restructuration encore plus saignante, d'autres insinuaient qu'une chasse aux sorcières allait advenir. On évoquait à demi-mot des fusions d'antennes, la division par deux, voire par trois du nombre des postes d'encadrement, des coupes franches dans les services support... La course à l'échalote était engagée. C'était à celui qui présenterait les meilleurs ratios de productivité, qui serait le plus *proactif* dans le déploiement des outils, qui devancerait et anticiperait, avant même qu'on lui demande, les suppressions de postes dans sa boutique... Les rivalités étaient exacerbées, les couteaux de sortie. La trouille de se voir débarquer ou placardiser poussait à débiner les petits copains ; à déblatérer sur le manque d'efficacité d'untel ; à dénoncer le manque d'entrain d'un autre ; ou pire à taxer son pire ennemi de *résistant au changement*, la tare suprême. Tout ça pour espérer sauver sa peau et entrer dans les bonnes grâces du liquidateur en chef. François Soltis était aux anges : avec son commando de *cost-killers*, il menait tambour battant sa blitzkrieg.

Comme je le pouvais, je tâchais de rester à bonne distance des hostilités, en dressant un cordon sanitaire autour du chef et de sa garde rapprochée. Chaque semaine ou presque, je voyais défiler ces *men in black* du lean : consultants, auditeurs ou développeurs informatiques. Très majoritairement des juniors, des hommes, peu de femmes. Nœud de cravate impeccablement noué, silhouette svelte, sourire prédateur et babines retroussées...

Tous sortis du même moule, s'érigeant en parangons du management moderne. D'où la direction régionale tirait-elle les ressources pour s'offrir ces prestations dispensables ?

Sans m'opposer frontalement, j'accompagnais *la révolution en marche*, avec le maximum d'inertie possible. Ma position était toutefois des plus bancales. Je devais donner des gages. Les consultants rôdaient. On m'épiait, on m'évaluait, et je ne pouvais décemment pas insulter l'avenir. À quarante ans passés, j'avais encore une carrière à préserver, secondairement un crédit immobilier à rembourser. Il me serait difficile, sinon impossible, de rebondir en dehors de l'Agence à laquelle j'avais consacré toute ma vie professionnelle. Et ce n'était pas avec son modeste salaire de l'hôpital public que Katia pourrait, seule, faire bouillir la marmite pour nos trois bouches affamées.

Aussi, la mort dans l'âme, je pris une haute résolution, la seule au fond qui me parut soutenable : me convertir au lean. Oui, en me bouchant le nez, en mettant un mouchoir sur mes petites pudeurs, je devais pouvoir y arriver.

Je me mis à l'ouvrage. Pour rendre mon esprit malléable, je m'administrai à haute dose les lectures recommandées : *la boîte à outil du lean ; le petit guide lean à l'usage des managers ; le lean management dans les services.* Je m'imprégnai de la propagande distillée depuis des semaines par les juniors : les guides, les tutos, les témoignages, tous aussi positifs que laudatifs de managers qui ne juraient que par le lean pour gagner en productivité. Pour fortifier ma pratique, je suivis scrupuleusement les formations préconisées, ainsi que les ateliers *d'échanges de pratiques et de co-développement.* Je ne mégotai pas sur les moyens. Je sollicitai même l'aide d'un coach individuel auprès de la DRH. Mon appel fut entendu. Le coach en question me fut livré sur pièce quelques jours plus tard. Il se présenta à moi, comme un *manager de transition, spécialisé dans l'appui aux cadres pour impulser le changement.* Malgré ses manières affables et son sourire de concessionnaire automobile, il ne parvint pas, lors de notre premier rendez-vous, à me faire complètement oublier ce pour quoi il était grassement payé : faire passer la pilule de l'amère potion managériale. Oh, certes, il avait du métier. Tout en rondeur, il savait mettre les formes pour gagner la confiance de son interlocuteur et lui soutirer quelques états d'âme.

Malgré ma méfiance, j'accédai au contrat qu'il me proposa : *des entretiens réflexifs chaque semaine, complétés par des observations et débriefs de situations managériales vécues.* Je lui donnai à voir ce qu'il désirait. Un peu de conflictualité, quelques situations tendues mais aisément récupérables. J'invoquai la nécessité de *réassurer et d'étayer les équipes pour les arrimer pleinement à cette nouvelle organisation.* J'esquissai avec lui des pistes d'amélioration, avec le souci de toujours présenter les choses sous leurs meilleurs auspices. Je brodais, voire parfois fabulais, pour lui donner du grain à moudre et justifier ses émoluments. Mais face à lui, mon examen de conscience restait superficiel. Et si je coopérais, j'avais chaque semaine la sensation étrange d'avoir rendez-vous avec mon conseiller de probation. Car je savais bien que ce brave manager de transition, sur l'épaule duquel je m'épanchais avec parcimonie, était aussi là pour éprouver mes *capacités à conduire le changement.* Et je ne doutais pas un seul instant qu'il soufflait ses brillants et dispendieux conseils à l'oreille de celui qui le nourrissait si généreusement : François Soltis.

Malgré mes efforts sincères et opiniâtres pour me convertir, cela ne suffisait pas. J'étais même loin du compte. Il fallait que je trouve un moyen sûr et définitif de vaincre mes résistances. À l'instar de Pascal, j'allais faire un pari osé, un pari fou, un pari insensé : conjecturer du bien-fondé du lean. C'était le seul moyen pour forcer les portes de la foi. Je dressai une liste d'arguments – objectifs et entendables – en faveur de la méthode. À bien y regarder de près, certains se tenaient : l'approche avait le mérite d'objectiver les choses, de distribuer équitablement le travail entre tous, d'utiliser toutes les fonctionnalités offertes par la technologie. En soi, ces intentions étaient louables. Au nom de quoi le service public de l'emploi devrait-il s'affranchir des outils et des méthodes éprouvées pour gagner en efficacité ?

Ainsi chaussé de mes nouvelles lunettes déformantes, je convoquais tous les artifices rhétoriques pour plier la réalité aux lois du lean. J'élevais des digues étanches autour de mes doutes. Je soulevais le capot *des process*, conduisais à mon tour mes propres mesurages, incitais les équipes à s'impliquer sans réserve dans la recherche de productivité. Le tout, bien sûr, au nom du service rendu à l'usager. J'avais trouvé là un argument massue, un de ceux que je me serinais à longueur de journée pour mieux me convaincre des bienfaits du lean. Je guettais chaque matin la nouvelle fournée d'indicateurs de performance. Je paramétrais *des requêtes* dans les outils pour traquer le gras dans le gras. Je déversais des flots de données dans mon ordinateur afin d'établir jusqu'à l'indigestion des ratios de productivité et des matrices d'efficience. Auprès des équipes, j'assurais le service après-vente de la démarche. Avec une ardeur de croisé, je me faisais même fort d'emporter l'adhésion des plus réfractaires.

En parallèle, j'intensifiais mon travail avec le coach. D'un commun accord, nos séances devinrent plus rapprochées. Fair-play, il louait mes progrès. *Un cadre sachant prendre du recul et évoluer positivement dans sa posture managériale*, me susurra-t-il un soir, visiblement pas peu fier du travail accompli. Mon entreprise d'autofalsification, dont il était le complice autant que l'instigateur, commençait à porter ses fruits. Chaque jour, ma foi s'affermissait. La citadelle jusqu'ici imprenable de mon scepticisme était en train de vaciller.

En véritable janséniste, je finis ainsi par m'auto-persuader de la pertinence du lean et de son apport incontestable à la modernisation de l'Agence. Mon enthousiasme débridé eut aussi pour conséquence de redorer mon blason auprès de François Soltis. Par quelques indiscrétions, je sus qu'on misait sur moi pour la suite. *Un cadre solide et loyal pour conduire et impulser le changement.*

Oui, à cette époque, je frôlais le fanatisme.

Je soutins la gageure un temps. Mais les premières fissures à la cage mentale que j'avais méthodiquement édifiée commencèrent à poindre. Le clignotant *risques psychosociaux* s'alluma dans mon antenne, me contraignant à moduler mon emballement démesuré. Quelques arrêts maladie, des altercations au sein des équipes me revinrent aux oreilles. On reprochait à certains de ne pas en faire assez, à d'autres de s'ériger en kapo. Il faut dire que chacun pouvait désormais contrôler l'activité et la productivité de son voisin, grâce aux tableaux de bords individualisés diffusés à tous. La CGT se réveilla et souffla opportunément sur les braises de quelques conflits larvés. Sans ciller, j'étouffai dans l'œuf ces mouvements d'humeur. Je fis procéder à des réagencements de bureau, tançai les tire-au-flanc notoires et entrepris une danse du ventre endiablée pour endormir les syndicats. On en resta là. Mon coach me félicita d'avoir su lâcher du lest sur la forme, sans rien céder sur le fond. *Une main de fer dans un gant de velours.*

Et tandis qu'à la lisière de ma conscience affleurent ces souvenirs honteux, un léger couinement m'interrompt. Je me retourne vers le bord du lit. Siddhârta est toujours étendu sur le tapis miteux, le museau fuselé pointé dans ma direction.

11

– Siddhârta, t'es toujours avec moi ?

Le border collie agite la queue et dresse une oreille. La droite, car la gauche semble irrévocablement condamnée à rester pliée en deux. Cette approximation esthétique me le rend encore plus sympathique.

– Et Dalva, elle ne va pas être jalouse que tu découches deux soirs de suite ? Surtout, si c'est pour rejoindre le paria de la session de méditation ?

Siddhârta, flegmatique, relève une paupière me signifiant qu'il n'en a cure. Cette bête est douée de capacités cognitives hors du commun. Non seulement elle m'écoute, avec bien plus de finesse que mon psy poli mais navré, mais elle me comprend et m'encourage à dévider la pelote de mes réminiscences douloureuses. Un véritable philtre qui cautérise et soulage les blessures.

– Siddhârta, je m'en remets à toi... Et puisque tu m'incites à me délester de mon fardeau, je vais finir de te confier toute mon histoire.

Tout en prononçant ces mots, mes yeux s'embuent, ma gorge se noue. J'arrive au point de bascule de mon récit, au jour où toutes les coutures ont craqué.

Ce lundi, j'étais arrivé au bureau à 8h pétantes. Depuis l'instauration du lean, j'étais réglé comme du papier à musique. Et comme chaque matin, j'avais débuté ma journée en compulsant les derniers tableaux de bord, automatiquement mis à jour durant la nuit grâce aux *batchs préprogrammés*. Côté productivité, nous étions pas mal. Le rendement de mes conseillers était même plus qu'honorable. Depuis plusieurs semaines, je n'avais pas vu le moindre consultant lambiner dans les parages. Leur ministère était accompli : les *process* étaient déployés. Poséidon et Artémis bafouillaient toujours autant, mais nous avions fini par nous acclimater à ce chaos ambiant. Même mon coach avait décrété que son accompagnement prenait fin. J'étais officiellement *bon pour le service et adapté à la nouvelle donne managériale.* Lorsqu'il l'avait décrété, j'avais eu l'impression de sortir réformé d'un camp de rééducation par le travail.

Ce matin donc, j'avais un brief avec Laurence. Je l'aimais bien Laurence. À la faveur de la réorganisation, elle avait pris du galon. Elle chapeautait maintenant une brigade d'une vingtaine de conseillers. Consciencieuse, rigoureuse et fiable, elle était aussi d'une loyauté à toute épreuve. Elle avait amorti le choc du lean auprès de ses troupes. Sachant rebooster et rassurer, mais aussi rappeler le cadre lorsqu'il le fallait. Une perle rare, cent fois plus utile à mon humble avis que tous ces prétentieux de consultants venus nous délivrer leur science à vil prix. Comme chaque lundi matin donc, Laurence me rejoignait dans mon bureau pour passer en revue les prévisions d'activités de la semaine : stocks, flux, plannings... Honnêtement, avec tout l'arsenal d'instruments à ma disposition, j'avais désormais accès en trois clics et en temps réel à toutes ces données. Mais je tenais à ce rendez-vous du début de semaine. Sans doute pour entretenir l'illusion que j'étais encore indispensable à la bonne marche de cette boutique.

Depuis peu pourtant, Laurence avait changé. Son volontarisme et son optimisme s'étaient émoussés. Quelque chose de plus soucieux, de plus rêche avait pris le dessus chez elle. Ses traits s'étaient durcis. Des rides d'amertume s'étaient creusées au coin de ses lèvres et des petits sillons étaient apparus sur son front, lui conférant un air grave lorsqu'elle fronçait les sourcils. Et si elle continuait d'honorer nos rendez-vous du lundi matin, je sentais bien que cela désormais lui coûtait. Elle cherchait de plus en plus à écourter nos échanges et se laissait difficilement aller à la confidence. Il faut dire qu'en montant en grade, Laurence avait aussi récolté son lot de contrariétés. Et si elle avait formidablement su protéger ses équipes du rouleau compresseur du lean, elle devait aussi composer avec les affres des chômeurs en délicatesse vis-à-vis des règles sibyllines de l'Administration.

À l'approche d'échéances politiques majeures, l'exécutif voulait afficher un bilan présentable sur le front de l'emploi. Faute d'être capable de dénicher du boulot pour tous ceux qui en manquaient cruellement, on avait jugé en haut lieu plus simple d'effacer des écrans radars certaines catégories de chômeurs. Une petite astuce statistique qui, au passage, jetait des milliers de DELD – le doux acronyme inventé pour qualifier les demandeurs d'emploi de longue durée – dans les bras de la précarité. Et pour exécuter ces basses œuvres, l'Agence pouvait compter sur des soutiers comme François Soltis. Des spécimens de son espèce, ayant sévi dans le *consulting,* l'industrie ou la finance, l'établissement en avait débauché des wagons entiers ces derniers mois. La fine fleur de la *supply chain management* et du lean, accros aux ratios de productivité, plaçant le contrôle de gestion au rang du génie humain le plus abouti.

Sous leur férule, le flicage et le contrôle par les outils, bien évidemment, ne se cantonnaient pas aux seuls agents de l'Agence. Ils se généralisaient aussi à l'ensemble de nos bénéficiaires. Tous les moyens étaient bons pour pister les abus, sanctionner les présumés profiteurs du système. Industrialiser la surveillance, détecter les écarts de conduite et automatiser les radiations, telle était désormais notre profession de foi. Systématiser le pointage, suggérer des reconversions foireuses, refourguer les cas désespérés à des officines privées ou bien encore diffuser des offres d'emploi bidon, nous faisions feu de tout bois pour nous débarrasser des chômeurs négligents, oublieux ou tout bonnement indésirables. Le mot d'ordre était, là aussi, d'une limpidité cristalline : dégraisser, dégraisser, dégraisser ! L'audace n'avait pas de limite : un licencié de l'industrie textile pouvait se voir proposer un poste d'auxiliaire de vie ; un médiateur culturel sur le carreau démarché pour un emploi de gogo danseur. Malheur à celui qui faisait la fine bouche !

Mes braves conseillers qui, avec l'intensification du travail, n'avaient ni le temps ni les moyens de faire du social, en étaient réduits au rôle d'opérateurs d'un système de surveillance généralisée. Mais en dépit de l'automatisation des traitements, il vient toujours un moment où le *facteur humain* fait brutalement irruption derrière le guichet. Et curieusement, les consultants avaient omis de nous fournir le *process* pour endiguer la colère et le désespoir de ceux qui n'avaient plus que la misère comme seul horizon. Et cette réalité crue éclaboussait Laurence et ses conseillers car c'était d'abord sur leurs petites épaules que retombait en pluie fine le courroux des chômeurs révulsés par nos méthodes.

Ce lundi donc, Laurence avait apporté une pile de parapheurs contenant des liasses de tableaux imprimés. Plusieurs feuilles, format A3 comprenant au total 343 lignes de noms d'allocataires à biffer de nos listes. Afin d'établir cette sélection des futurs abonnés aux restos du cœur, aux expulsions locatives et autres joyeusetés du déclassement social qui les attendaient, elle avait compilé et vérifié les anomalies auprès de chacun de ses conseillers. Je n'avais aucun doute sur la rigueur, la qualité et la fiabilité de son travail. J'avais toujours validé les yeux fermés ses propositions de radiation. Mais jusqu'ici, c'était à dose homéopathique. Avec François Soltis, nous avions radicalement changé de braquet. Ce matin, à la vue de ces six feuillets, ma main tremblait. Refus d'obstacle... Et Laurence se tenait, là, en face de moi, raide comme la justice. La situation se prolongeant, elle devenait embarrassante. Cherchant une issue dans la contemplation des motifs géométriques de son tailleur *old school*, je finis par prendre une grande inspiration et d'un geste rageur, je griffai à la volée ses feuillets. Sans décrocher un mot, sans vérifier, sans même m'assurer que je signais bien à l'emplacement prévu. Toujours avec son air offensé, ma collègue reprit les documents et tourna les talons. Libéré de son silence réprobateur, je restai un moment, groggy, stylo en main. Je ne ressentais rien : ni soulagement, ni culpabilité. Juste un grand vide...

Retranché dans mon bureau, je consacrai le reste de la matinée à bricoler des fichiers et à touiller des kyrielles de chiffres, en logisticien expert que j'étais devenu depuis le lean. Puis, je sortis déjeuner sans plus penser à cette histoire. L'après-midi, je participai vaguement à une conférence téléphonique consacrée à la préparation d'un salon de l'emploi, une énième grand-messe destinée à faire mousser quelques élus et chefs d'entreprises locaux. Un brin déprimé par cette réunion, je sortis plus tôt pour récupérer Anatole. C'était un luxe que je m'octroyais de temps à autre. Une façon de flatter à peu de frais le costume de super-papa que je me plaisais à endosser auprès de Katia.

Sur l'esplanade, je retrouvai Mohamed, patientant comme chaque soir jusqu'à l'ouverture des portes de la crèche. Nous nous connaissions de longue date avec Mohamed. Lors du plan social de Ford, j'avais bataillé dur contre son syndicat Sud-Solidaires. Momo – tout le monde l'appelait ainsi – était alors aux avant-postes de la lutte contre la fermeture de l'usine. Il faisait partie de toutes les délégations reçues par la direction du constructeur. Si en privé il était aussi pacifique qu'un méditant, face à la morgue des actionnaires américains, il s'était mué en guerrier intraitable. Dépêché au cœur de ce chaudron social, j'avais pu de mes yeux le voir à l'œuvre, juché sur le toit d'une camionnette flanquée de drapeaux roses, micro en main et rage au ventre, chauffant à blanc ses camarades pour poursuivre l'occupation du site.

Dans ce contexte, l'aide de l'Agence, Momo et ses copains ne voulaient pas en entendre parler. Pour eux, le site était viable, rien ne justifiait sa fermeture. Point barre. Les ouvriers s'étaient battus comme des chiffonniers pour sauver leur outil de production. Rendant coup sur coup, remuant ciel et terre pour rallier l'opinion publique à leur cause. Sous la pression, le ministre de l'Industrie avait même été dépêché pour les soutenir. Et si devant les caméras, il avait agité quelques menaces de rétorsion, ses rodomontades n'avaient pas beaucoup fait frémir l'Oncle Sam. Tout juste le constructeur avait-il concédé une rallonge des fonds pour abonder le plan de sauvegarde de l'emploi (PSE). C'est à partir de ce moment que mon intervention avait vraiment démarré. Vu le ramdam médiatique, je n'avais pas droit à l'erreur. Pour m'assurer que le boulot serait bien fait, j'avais pris le pli de m'occuper personnellement de certains dossiers sensibles, dont celui de Momo.

Nos premiers entretiens avaient été rugueux. Momo ne décolérait pas. Il ressassait tel un disque rayé le même discours : il allait attaquer le PSE devant les tribunaux, contraindre les Américains à rouvrir le site, appeler au boycott de Ford. Il lui avait fallu du temps – énormément de temps – pour faire le deuil de son combat, puis pour admettre que je n'étais pas son ennemi. Petit à petit, j'avais réussi à gagner la confiance de ce grand gaillard à l'orgueil blessé. Au bout d'un nombre incalculable d'entretiens – François Soltis en serait tombé d'inanition – il avait consenti à réaliser un bilan de compétences. Bien sûr, je lui avais donné la main pour monter son dossier et remplir les formulaires. La paperasse, ce n'était pas son truc à Momo. Mais les conclusions du bilan l'avaient adouci. Plus que ça, remis en selle. Momo était capable. Il pouvait rebondir. Il s'était mis à considérer avec sérieux certaines pistes de reconversion. Il progressait, il se projetait. Et un beau jour, il était venu me déposer sur mon bureau le descriptif d'une formation en plomberie. Je veux celle-là, avait-il proclamé, catégorique et solennel. *OK*, lui avais-je dit, *je vais me débrouiller pour trouver le financement. Comptez sur moi pour faire cracher Ford autant que possible, surtout sur les indemnités journalières de formation !*

Et c'est ainsi que dix-huit mois après s'être consumé dans un combat perdu d'avance, il était embauché dans une petite entreprise familiale. J'avais négocié serré avec le patron pour qu'il le prenne à l'essai. Un dégrèvement de charge et un contrat aidé. Un prêté pour un rendu. Mais le résultat était là. Momo était radieux. Pour célébrer sa réussite, nous avions trinqué au Picon bière dans le troquet en face de l'antenne. Momo avait tenu à régaler. Nous étions ensuite restés en contact de manière épisodique, avant de regagner chacun le lit de nos vies respectives.

Le hasard nous avait réunis deux ans plus tard à la sortie de la crèche *Les p'tits loups*. Zora, sa petite, y côtoyait Anatole, mon fils, et les deux s'entendaient comme larrons en foire. Naturellement, je lui avais demandé où il en était sur le plan professionnel. Hélas, les choses n'avaient pas bien tourné. Suite à une gestion financière hasardeuse, sa boîte avait déposé le bilan. Licenciement économique, retour à la case départ pour l'ancien ouvrier. Mais le contexte économique n'était plus le même et entre-temps, les financements du PSE avaient fondu comme neige au soleil. Tant qu'il était sous perfusion avec les allocations chômage, Momo pouvait néanmoins voir venir. Jusqu'ici donc, il gardait le moral et son inaltérable sourire. Le garçon avait de la ressource, il l'avait prouvé. Et puis, j'avais missionné Laurence pour qu'elle piste son dossier.

Pourtant, ce soir-là devant la crèche *Les p'tits loups*, Momo arborait une mine rembrunie inhabituelle. Me voyant arriver, il me prit par le bras pour m'entraîner à l'écart des autres parents. Là, il exhiba un SMS reçu de la part de l'Agence. Une simple notification l'informant de l'envoi à venir d'un courrier recommandé à son domicile. *C'est grave ? J'ai fait quelque chose de mal ?* me demanda-t-il, sur le ton d'un enfant pris la main dans le sac de fraises tagada. Ne voulant pas l'alarmer, je bottai en touche, lui promettant de me renseigner au plus vite. Immédiatement, un affreux doute s'instilla dans mon esprit : Momo faisait-il partie de la charrette des 343 radiations que j'avais validées le matin même ?

Le lendemain à la première heure, j'étais sur le pied de guerre au bureau pour remettre la main sur ce foutu listing. Bon Dieu, où donc Laurence l'avait-elle rangé ? Après quelques recherches fastidieuses – j'avais encore des progrès à faire dans le maniement de ces satanés outils – je mis la main sur ledit fichier. La veille au soir à 16h52, Laurence Dume avait saisi avec un profil *super valideur* la liste des 343 radiés. Et, à la ligne 132, figurait Mohamed El Hassoun. Le motif d'irrégularité clignotait en rouge dans la colonne de droite : absence de renouvellement mensuel de la demande d'emploi. L'anomalie la plus fréquemment rencontrée, l'artifice le plus facile à invoquer pour déclencher une radiation. Imparable, irrécupérable. Dégueulasse...

Paniqué, je martyrisai ma souris pour déverrouiller Kronos, l'applicatif de gestion des courriers. Je dus m'y prendre à plusieurs reprises pour accéder à la lettre de radiation. Une sueur glacée me coula dans le dos lorsque je découvris que le document en question était électroniquement signé Thomas Dutertre. Momo recevrait la missive chez lui, le lendemain. Je cliquai sur le logo ridicule – un pictogramme en forme de scarabée, allez savoir pourquoi ? – de l'applicatif Ares. Une page en noir et blanc s'afficha avec une lenteur digne du Minitel. L'étendue des dégâts apparut enfin sous mes yeux effarés. M. El Hassoun : trop-perçu de 4 623 euros ; émission d'un ordre de recouvrement ; compensation prélevée sur les prestations familiales à venir.

En clair, Momo était dans une merde noire. Non seulement il était privé de ressources, mais il devrait rembourser trois mois d'allocations indûment perçues. Parce que notre système est ainsi conçu que les décisions sont d'application rétroactive, à date du manquement constaté. La double peine en somme.

Nom d'un chien, pourquoi Laurence n'avait-elle pas fait gaffe ? Je me remémorai la scène de la veille. Ma collègue, vertu outragée, me défiant avec ses parapheurs posés sur mon bureau. Et moi, entravé, finissant par parapher d'une traite ses feuillets pour abréger notre malaise. Laurence avait-elle failli ? Non... Elle avait fait le job. Elle avait exécuté les directives d'en haut avec le professionnalisme que je lui connaissais. Celui qui avait appuyé sur la gâchette pour liquider à l'aveugle 343 péquins, c'était moi. La réalité me rattrapait et, telle une bombe à fragmentation, elle m'explosait maintenant à la figure.

Crucifié, je restai un long moment face à l'écran figé, ma main serrant fermement la souris d'ordinateur. Jusqu'à ce que j'entende un râle rauque et étranger sortir de ma bouche. Un cri primal venu de loin, comme le feulement d'un animal agonisant.

La suite, il ne m'en reste que quelques flashs. Le hurlement, les spasmes, les propos incohérents et toujours cette putain de souris agrippée dans ma main droite. Mon assistante, dépassée, téléphonant à je-ne-sais-qui. Laurence, hébétée, qui se tient débout sur le seuil de la porte. Un médecin ou un pompier – je ne sais plus – qui me parle de manière sirupeuse comme on raisonne un forcené. Ses efforts patients pour me faire lâcher la souris et le suivre.

Puis, le noir absolu...

12

Rebelote, assis en salle de méditation. D'une humeur de dogue, je n'ai salué personne en entrant. Malgré une deuxième nuit d'insomnie, aucune trace de fatigue en moi, mais une angoisse sourde qui couve et me tient en éveil. Comme si le fait d'avoir démêlé l'écheveau de ma mémoire éreintée avait ravivé des tensions enfouies qui maintenant se consument à petit feu. À côté de moi, Jean-Jacques est toujours en plein exercice de composition, dans son abracadabrante position du lotus qu'il donne à voir de façon ostensible. Noémie, besogneuse, s'astreint à suivre avec la même application qu'au premier jour les consignes de notre maître. Qu'espère-t-elle au juste ? Une bonne note ? J'ai aperçu tout à l'heure Elvis, encore égaré dans les sentes ennuagées de ses errances dysleptiques, ainsi qu'Alban toujours englouti dans son smartphone. Peu me chaut... Après trois jours de vie commune, la demi-douzaine d'autres participants qui compose notre assemblée m'indiffère souverainement. Qu'ils restent en arrière-plan, simples accessoires ornementaux de mon séjour, me sied parfaitement.

Chat perché, notre maître, s'est acquitté avec la même componction que d'ordinaire du cérémonial d'installation du coussin. Encore une fois, son indéfectible thuriféraire a fait retentir le gong avec l'emballement d'un enfant délivré d'une insoutenable attente. J'attends que la Voix reprenne du service. Bien décidé à en découdre avec Elle.

– Bien mes amis...

Le retour de mes amis. On commence mal...

– Nous entamons aujourd'hui notre troisième journée de méditation. Nous en sommes à la moitié de notre grand voyage...

Pourquoi ne suis-je pas resté au fond de mon lit, si c'est pour subir des banalités pareilles ?

– Ce troisième jour est habituellement un tournant dans une session de méditation...

Toujours ce débit atrocement lent, comme une vieille cassette VHS au ralenti.

– Maintenant que nous avons posé les fondations de Vipassana, nous allons en façonner les murs...

Tiens, après avoir versé dans la métaphore animale, notre guide inaugure un nouveau registre : la maçonnerie.

– Comme vous l'avez maintenant bien intégré, la respiration est la clef de voûte de Vipassana...

C'est grâce à la respiration que l'on peut *entrer dans le rythme de son être...*

Le voilà qui recommence avec ces fulgurances rimpochéennes sans queue ni tête ! La séance promet d'être longue. Horriblement longue...

– Nous allons expérimenter une nouvelle technique puissante... Cette technique a été mise au point par Rimpoche, il y a plus de cinquante ans, dans son ermitage himalayen, puis reprise par le docteur Lenghlet...

J'entends un léger craquement sur le parquet. J'entrouvre un œil. Vincent s'est levé. Serait-il en train de jeter l'éponge ? Non, à pas de loup, il s'avance vers l'étagère et en retire délicatement le plaid qui dissimulait jusqu'ici une mini-chaîne hi-fi. La Voix patiente, le temps que le fidèle novice ait branché l'appareil. Elle reprend ensuite son soliloque alangui.

– Le *Sudarshan Kriya* est basé sur les rythmes, les sons et le souffle de la respiration... Grâce à la respiration rythmique, le *Sudarshan Kriya* reconnecte le corps et l'esprit... Grâce à la synchronisation des rythmes biologiques, le *Sudarshan Kriya* nettoie et purifie l'âme en profondeur... Grâce au *Sudarshan Kriya*, nous accédons à un état de conscience éveillée. Cette pratique émancipe et libère l'esprit. Le *Sudarshan Kriya* conduit à la sérénité et à la paix intérieure...

Ben voyons...

Vincent allume la chaîne hi-fi, puis retourne s'asseoir à la droite de son maître. Un sourire d'adoration illumine son visage lorsque les enceintes se mettent à crachoter une voix haut perchée. Cette dernière s'exprime à la vitesse d'une mitraillette dans un dialecte inconnu mais qui, par moments, voisine avec l'anglais. Par ses intonations roucoulantes et parfois heurtées, elle me rappelle les engueulades des serveurs pakistanais au pied de mon immeuble. Un boui-boui qui sert de succulents *naans tandooris* dont Katia, Anatole et moi raffolons, ce qui fait bien notre affaire les soirs de disette à la maison.

En me concentrant, je parviens à saisir quelques termes – *breath, peace, harmony, faith* – dans ce que débite la voix de fausset. À chacun de ces mots, Vincent plisse les yeux et opine du chef comme un bienheureux. Mes coreligionnaires, décontenancés par cet idiome vif et dépaysant, hésitent sur l'attitude à adopter. Même si je ne saisis que des bribes de ce flot qui ruisselle des enceintes, je suis ravi. Oui, ravi de faire enfin ta connaissance Rimpoche, ô sérénissime ! Par la magie de cet enregistrement, je peux enfin t'entendre, me pénétrer de ton message, m'imprégner de ta sagesse et causer d'égal à égal avec toi. À ce propos, permets-moi une observation : tu n'as pas la voix de l'emploi. La tête oui. De ce côté, rien à redire. Avec ta barbe en queue de pie, ta cascade de cheveux qui ondule sur tes épaules et ton regard mystique, tu es un gourou irréprochable. Mais qu'est-ce donc que ce filet aigrelet et ininterrompu de palabres ? Enfin Sogyal, tu aurais pu faire un effort pour soigner ta crédibilité, asseoir ta stature. Une voix grave et profonde, c'est tout de même le minimum syndical pour un chaman de ta trempe !

Je n'ai pas le temps d'approfondir la conversation car déjà l'enregistrement se conclut par une invitation scandée plusieurs fois : *now, try Sudarshan Kriya with me. Just try ! Try...* Puis, plus rien... Chat perché et son novice demeurent suspendus. Et nous autres aussi, à attendre la suite comme l'oiseau posé sur la branche. Les enceintes se mettent à frémir. D'abord, je mets ça sur le compte d'une qualité d'enregistrement qui laisse à désirer. Mais non, ce souffle leste, pur, régulier, c'est celui de Rimpoche ! Arnaud d'ailleurs l'imite en inspirant au rythme du grésillement de l'ampli. Nous faisons de même. En chœur, l'assemblée synchronise sa respiration avec celle de Rimpoche. Serait-ce le commencement du *Sudarshan Kriya,* ce fabuleux instrument qui doit nous conduire à la ? N'en jetez plus...

Graduellement pourtant, ce soupir polyphonique m'apaise. Étrangement, cette symphonie respiratoire dilue mon irritation, lubrifie mes pensées. Comme si, à travers la conjugaison de nos exhalations respectives, nous participions tous d'un même élan vital. Reliés dans une même vibration. Et un petit miracle se produit. Porté, lui aussi, par cette oscillation fraternelle, Jean-Jacques n'éructe plus. Envolé le bourdon intempestif, évaporé l'échauffement de mammifère marin ! Par la magie de nos respirations équanimes, les fuites nasales du prof de maths se sont calfatées. Tout s'écoule librement, paisiblement et par le souffle, nous communions.

L'embellie, hélas, est éphémère. En effet, la cadence dictée par Rimpoche s'accélère brusquement. La griserie du début s'efface, supplantée bientôt par des vertiges désagréables. J'hyperventile à plein poumon. J'essaie de réduire l'amplitude de mes inspirations, tout en tâchant de ne pas perdre le tempo qui s'intensifie encore. Mais d'autres désagréments surgissent. Mon corps se rebiffe. Boule au ventre, intestins noués, douleurs lombaires et raideurs dans la nuque annoncent l'orage qui se prépare dans l'antichambre sombre de mon inconscient. Mes démons intérieurs se réveillent, prennent de l'ampleur, bientôt prêts à se déchaîner. Cette fois cependant, ce n'est ni de l'angoisse, ni de l'exaspération : c'est de la rage !

Une violente poussée de fièvre m'empoigne, mon cœur bondit, mes tempes palpitent et de lourdes gouttes de sueur roulent le long de mes joues. Tel un soufflet, chaque inspiration attise la colère qui brûle en moi. Tout s'embrase et la révolte suinte par tous les pores de mon corps. En proie à des bouffées pyromanes, je commence à délirer. Je me vois allumer l'incendie de mon antenne pour assister ensuite, fasciné et terrifié, au spectacle du feu qui tord les claviers d'ordinateurs, lèche les faux plafonds, transforme en torchères les manuels du lean et les parapheurs. Les fantômes de ma nuit – les indissociables David Hubert et Romain Coutras emmenés par François Soltis – s'agitent et dansent dans ce splendide autodafé. Ils sont bientôt rejoints par Alban, Georgen et Jean-Jacques. Et les corps, tels des spectres, se déhanchent, s'entrelacent et se confondent, aspirés par les flammes de cette sarabande macabre.

Aussi vite que l'incendie s'est propagé, l'accalmie survient d'un coup. Un goût pâteux de cendre imprègne ma bouche. Quelque chose de froid, de dur s'est ancré en moi. Analytique et clinique, mon esprit échafaude, combine et calcule. Un projet aux contours incertains prend forme. À chaque inspiration, le plan s'affine. Ma détermination s'aiguise jusqu'à devenir aussi tranchante qu'une lame de rasoir.

Tout entier tendu vers cet objectif, je reste imperméable à l'ébranlement du gong final. Je me lève. Ma décision est prise. Ferme et irrévocable. Le *Sudarshan Kriya* a rendu son verdict. L'évidence s'impose.

Une dernière chose me retient encore ici.

13

Comme s'il pressentait ma venue, Siddhârta vient à ma rencontre en frétillant dans le parc. Nous nous asseyons l'un et l'autre sur la pierre plate, celle-là même où Elvis tient chaque soir sa séance d'inhalations euphorisantes. Après les cajoleries d'usage, je lui fais part de mes intentions. Le border collie m'écoute sans jamais m'interrompre. À la fin, il me tend sa patte, tout en me fixant de ses grands yeux brillants où se lit toute la tendresse du monde. Ce geste de confiance me serre le cœur. À cet instant, j'en suis intimement persuadé, cette bête a été un lama de haute lignée dans une vie antérieure. Elle sait mieux que quiconque entendre et déchiffrer les âmes. Déchiré par ces adieux, je m'éloigne à regret de mon confident. Sachant qu'il est vain de me retenir, Siddhârta m'accompagne du regard depuis le rocher.

Au numéro 26 du bâtiment des moniales, je replie mes vêtements dans ma petite valise à roulette puis, sans hâte, retraverse le parc déserté par mon compagnon. Je pénètre dans le bâtiment principal. Devant la salle de méditation, je marque une pause, hésite, me ravise, puis me dirige finalement vers le gong qui pendouille comme une vieille sauteuse sur son égouttoir. Je me baisse, m'empare de la baguette et avec une brutalité décuplée, je frappe de toutes mes forces la sphère métallique. L'intensité du son est telle que je crains, l'espace d'un instant, qu'elle ne fasse voler en éclats les vitres. Mon corps tout entier trépide, secoué par ce tonnerre qui n'en finit pas de rouler en volutes furieuses. Puis, lentement mais sûrement, je gagne le vestibule. Des bruits de couverts et de succion me parviennent. Par l'entrebâillement, j'entraperçois Dalva attablée à l'écart de la communauté de servants. Sous son chignon, ses yeux noirs perdus dans le vide ressemblent à ceux d'une grand-mère inoffensive.

Trop occupés à panser leur estomac avec un énième cataplasme de Marie-Béatrix, mes autres coreligionnaires ne semblent pas avoir été troublés par le son du tocsin. Ils ne détectent pas non plus ma présence. Je les abandonne bien volontiers à leur mastication. Qu'ils se prennent pour des chats, pour des roseaux ou pour des lotus, qu'ils copulent comme des lapins ou qu'ils en appellent aux forces telluriques et cosmiques pour décrocher la lune ou le Nirvana, je m'en carre ! Ceci ne me concerne déjà plus... Sans adieu, ni au revoir, je tire la lourde porte en bois pour me volatiliser loin de ce huis clos insensé.

Quelle joie de retrouver le ronronnement familier du moteur V6 de ma Volvo ! L'un des rares plaisirs – excepté, bien sûr, les précieux ustensiles de pâtisserie pour lesquels je dépense sans compter – que je me suis accordé lorsque j'ai été promu quatre ans plus tôt directeur d'antenne. J'emprunte le chemin empierré et dépasse le bouddha en poterie qui, de dos, me semble surtout tenir lieu de nain de jardin. Dès l'instant où les roues touchent le bitume, je me sens hors d'atteinte de chat perché et de ses excentricités.

Avec aisance, les six cylindres avalent l'asphalte. Heureux de regoûter à l'ivresse de la vitesse et des trajectoires épurées, je laisse les chevaux-moteur s'ébrouer. Au bout de trois quarts d'heure, le boyau sombre et encaissé dans lequel je serpente s'élargit en une plaine verdoyante inondée de soleil.

Je fais une pause, d'abord pour soulager mes intestins. Chier le cul à l'air avec en toile de fond les montagnes ariégeoises, théâtre de mes trois derniers jours de claustration, me procure une immense sensation de bien-être, comme si je me déchargeais d'un seul coup de la pesanteur de ce fiasco. Accroupi, je demeure un long moment dans cette position primale, à me faire chatouiller la croupe par les herbes folles et à jouir du paysage.

Encore empreint de l'allégresse de mon impeccable défécation, je regagne ensuite ma routière. Comme un gosse ravi de retrouver son joujou, je fais mugir le moteur, puis dans l'historique de mes destinations, règle le GPS *sur travail* et m'en remets à l'ordinateur de bord pour me guider. Trente minutes plus tard, je franchis la barrière de péage de l'autoroute. Le ruban noir et monotone de la 2 x 2 voies sur lequel les 281 chevaux de ma suédoise filent comme un trait est propice à la réflexion. Mentalement, je récapitule les différentes étapes de mon plan ourdi le matin même. Je soupèse, ajuste, amende certaines options. J'évalue et jauge les risques, peaufine et fignole les derniers réglages. Lorsque mon estomac crie famine, je me sens fin prêt. Je sors à la première bretelle pour m'enfoncer au cœur d'une de ces sordides zones commerciales, comparables à toutes les autres. Après quatre ronds-points, tous aussi inutiles que superflus, l'enseigne clignotante d'un restaurant gril crochète mon attention. L'avantage de ces franchises commerciales, c'est que l'on n'est jamais pris au dépourvu par la qualité des menus, calibrés pour satisfaire la bourse et l'appétit du consommateur peu regardant. L'autre, et non des moindres, c'est que l'on peut être servi à n'importe quelle heure ouvrée.

Sans l'ombre d'une hésitation, je bifurque sur le parking et coupe le moteur. Accueilli par une serveuse désabusée, je suis le seul client de l'établissement à cette heure avancée de l'après-midi. À la lecture de la carte qu'elle me tend par unique obligation professionnelle, je commande la formule « XXL ». Une bonne vingtaine de minutes plus tard, une généreuse pièce de boucher rehaussée de pommes boulangères surgelées, le tout baignant dans une mare de sang tiédie, est déposée sous mon nez par l'employée aigrie. Après trois jours de bouillies véganes fadasses, c'est plus qu'il n'en faut pour réenchanter mes papilles. Je me bâfre comme un vorace, m'offrant le luxe d'un supplément profiteroles et d'une seconde pinte d'ambrée pour faire coulisser ces agapes carnées. Un rot retentissant conclut dignement ce repas saturé de lipides et de protéines bon marché.

En fin d'après-midi, la démarche passablement alourdie par le litre de bière éventée que je viens d'engloutir, je retrouve l'habitacle capitonné de ma berline. Je reprends la route, direction Toulouse, en optant cette fois pour une conduite pépère. Après avoir essuyé une bonne heure de bouchon à l'entrée de la rocade, j'arrive enfin devant mon antenne. Revenir ici pour la première fois depuis mon implosion en vol ne provoque pas en moi le choc redouté. Au contraire, ces retrouvailles renforcent un peu plus ma solide résolution à agir.

À cette heure tardive, seuls quelques véhicules stationnent encore, dont celui de Laurence, une Pontiac rouge que j'identifie au premier coup d'œil. Ah, Laurence, ta conscience professionnelle t'honore à faire ainsi des heures indues pour assurer le service après-vente des directives iniques de François Soltis… Sans me camoufler, je m'abstiens cependant de mettre le nez dehors.

Après ce repérage rapide, je poursuis un peu plus loin jusqu'à une discrète impasse. L'éclairage public est ici une denrée rare et l'obscurité commence à recouvrir les alentours, constitués de complexes de bureaux sans âme et d'une brasserie, celle-là même où Momo m'avait invité trois ans auparavant. Quelques cadres efflanqués quittent leurs entreprises, marchant rapidement le dos courbé pour rejoindre leur voiture. La rumeur de la ville s'est retirée. Une incommensurable fatigue me tombe dessus comme une enclume. J'incline le siège conducteur au maximum, me saisis du plaid en laine d'Anatole abandonné sur la banquette arrière et, malgré l'inconfort de ma position, me laisse immédiatement happer par le sommeil.

Une impérieuse envie de pisser m'arrache à mes rêves tumultueux. 5h32 indique le tableau de bord. Péniblement, je m'extrais du siège. Mon corps frigorifié est raide comme du bois. Tout en évacuant les résidus mousseux des chopines de la veille, je tape vigoureusement des pieds pour me réchauffer. La vessie apaisée, je continue de sautiller et de gesticuler dans tous les sens, sans parvenir à me ranimer vraiment. En désespoir de cause, je me rabats dans l'habitacle, démarre le moteur et tourne le chauffage au maximum. Toute cette agitation a au moins eu un mérite : me réveiller complètement et me rappeler qu'aujourd'hui est un grand jour !

Je consulte mon antique portable sur le siège passager. Katia m'a laissé un SMS hier soir tard. *Un gros bisou mon amour, tu nous manques !* À cet instant, ces quelques mots valent tous les encouragements. Gonflé à bloc, je me repasse une dernière fois le déroulé des opérations. Je dispose d'une demi-heure avant le désamorçage à 6h30 précises du système d'alarme anti-intrusion. Puis, d'une heure, tout au plus, avant l'embauche des conseillers les plus matinaux. C'est serré certes, mais jouable.

D'abord et avant tout un café. Je roule doucement jusqu'à la station-service 24/24 à quelques centaines de mètres. Malgré sa texture spumeuse et ses effluves cartonnés, le liquide noir qui me brûle la gorge me fait l'effet d'un puissant fortifiant. Je réalise qu'il s'agit du premier expresso avalé depuis plus de quatre jours.

Revigoré, je suis désormais opérationnel, déterminé comme jamais. L'esprit vif, les idées claires, je me frappe le torse comme un boxeur qui s'apprête à livrer un combat capital. Je démarre et rejoins le parking de l'antenne. Désert, comme prévu.

6h32. Parfait.

Je range proprement la Volvo sur une place en épi. Grâce à mon badge d'accès encore actif, je pénètre comme dans un moulin par la porte de service. Personne... Cheminant à tâtons, je monte au premier étage. Mon bureau est toujours là, en place, avec la photo d'Anatole et Katia qui m'attendent depuis des mois à côté de mon écran d'ordinateur. Un cliché pris sur un télésiège à l'occasion de vacances à La Mongie. Voir ainsi leurs poses réjouies me provoque un pincement au cœur. Ce n'est pourtant pas le moment de faiblir...

Officiellement en arrêt maladie, mes accès au réseau informatique ne devraient théoriquement pas être coupés. Je croise les doigts et presse le bouton « On » de mon portable. Le temps qu'il veuille bien se mettre en marche, je surveille le parking par la fenêtre. Rien ne bouge... Ma Volvo, esseulée, renvoie la clarté livide d'un réverbère intermittent. Après une interminable attente, la page d'accueil s'affiche enfin. Fébrile, je rentre mon mot de passe, priant pour qu'il ne soit pas périmé... *Yes!* Mon écran bardé de raccourcis se met à scintiller.

Première étape, remettre la main sur le fichier des 343 radiés. Rien de plus facile : il est encore stocké sur mon disque dur, exactement au même emplacement que ce maudit jour. Je m'assure que Momo figure toujours à la ligne 132. Je copie/colle le *listing* sur le serveur.

6h42. Je suis bien. En avance même sur le timing.

Se profile maintenant l'étape la plus critique. Pour mener à bien mon plan, je dois m'introduire dans le saint des saints, le cœur du réacteur : la chaîne de versement des allocations. Selon le bon vieux principe budgétaire de séparation de l'ordonnateur et du payeur, je ne suis pas habilité à manipuler les données bancaires. Seule Monique, la comptable dûment mandatée, détient jalousement ce pouvoir. Et pour me substituer à elle, je n'ai d'autres choix que de prendre le contrôle de sa bécane. Or, je suis loin d'être un geek. Lors du *Sudarshan Kriya* la veille, j'ai intensément réfléchi à la question. Au final, c'est Siddhârta – que la Providence soit avec lui ! – qui m'a sorti de l'ornière. En dévisageant sa truffe humide, j'ai eu un flash. Je me suis souvenu qu'en dehors des bilans comptables et des lignes budgétaires, Monique cultivait une autre grande passion : Zorba, son caniche royal qu'elle toilettait, peignait et exposait chaque week-end lors de concours canins. Ma guerre d'usure pour la convaincre d'alléger la déco de son bureau, habillé de portraits de Zorba sous tous les angles, avait été un échec cuisant. Le décès tragique de son compagnon – ce couillon s'était sottement étouffé en se coinçant un os de poulet au fond de la gorge – avait sonné le glas de ses ambitions de victoire au concours régional canin, et subsidiairement avait précipité la comptable dans une profonde dépression.

Tout en suppliant les divinités des écritures budgétaires, je descends quatre à quatre l'escalier principal et fonce au fond du couloir à droite. Le bureau de Monique est encore dans son jus, dans le même état que dans mon souvenir : Zorba, coiffé et attifé d'accessoires, dont j'ignore le nom et la fonction, m'observe sous toutes les coutures. Personne n'a osé déplacer le moindre objet de ce sanctuaire inviolé. Et – soulagement ! – l'ordinateur de la pasionaria des caniches trône encore sur son espace de travail encombré.

C'est quitte ou double. Maintenant tout se joue ! J'ai trois essais pour pénétrer dans Ploutos, le système intégré de paiement. Première tentative. Plein d'espoir, je tape « Zorba ». L'ordinateur crachote un *Mot de passe erroné.* Caramba, raté ! Deuxième tentative : « Zorba_31 ». Le *key pass control* me renvoie sur les roses une seconde fois. *Damned!*

Il me reste une ultime cartouche. À la recherche d'un indice, j'explore ce cénotaphe à la gloire du royal Zorba. Mon attention est attirée par un médaillon plaqué or, exposé telle une relique sur une étagère empesée de trophées. Je m'approche. Côté pile, Zorba gravé en lettres calligraphiées ; côté face, un numéro à huit chiffres, probablement son code d'identification au registre national canin. Un éclair jaillit. Le cerveau en fusion, je tape sur le clavier « Zorba98397802 » et clique sur entrée. *Alea jacta est...*

Rien ne se passe pendant de longues secondes, puis l'unité centrale se met à toussoter et l'écran se déverrouille, laissant apparaître l'icône de Ploutos.

Béni soit Zorba ! Touché par la grâce, je savoure l'instant, éperdument reconnaissant à Monique et aux informaticiens pour leur négligence coupable...

Sans coup férir, je peux à présent dérouler mon plan jusqu'au bout. Je récupère les identifiants des 343 malheureux radiés enregistrés tout à l'heure sur le réseau ; je les appareille avec les coordonnées de paiement déversées par Ploutos ; j'injecte le tout dans le flux de la prochaine série de liquidations. Concentré, méthodique et précis, je conduis ces différentes interventions, sous le regard niais de ce gourdichon de Zorba. Agréablement surpris de retrouver mes automatismes et mes réflexes, je mène à bien ces différentes opérations en 34 minutes chrono. Le conditionnement et l'efficacité du lean ont du bon, me dis-je presque avec un soupçon de nostalgie...

Sans prendre la peine d'effacer mes traces, je remonte ensuite à mon bureau pour la dernière ligne droite de mon plan. J'active le petit vélo de l'applicatif Kronos, récupère le flux de données sous Ploutos, compose mon courrier d'accompagnement. Comme j'ai longuement mûri la rédaction, les mots viennent facilement. Je fais simple, concis et sans fioritures. Je ne résiste toutefois pas à une petite coquetterie conclusive : *je suis profondément désolé pour les désagréments occasionnés par les errements d'un système abject que j'ai trop longtemps cautionné et servi. Par la présente, je rétablis vos droits, majorés des intérêts moratoires liés au préjudice financier subi. Avec mes encouragements les plus sincères pour vos futures recherches d'emploi.* Sur le courrier 132, j'ajoute un commentaire à l'attention de Mohamed El Hassoun : *Puissent ta famille et toi retrouver un peu d'air. Amicalement. Thomas.*

Je me relis, corrige deux ou trois coquilles et verse ensuite les courriers dans le publipostage assisté. *Last but not least*, je presse sur le petit vélo pour déclencher l'envoi par lettre postale ainsi que le chargement dans les espaces en ligne de chacun des bénéficiaires. Ploutos mouline comme un dératé, avant de m'adresser une lapidaire mais éblouissante notification : *courrier chargé dans l'espace personnel des bénéficiaires.*

Il est 7h32.

Je lâche la souris et repose lourdement ma tête et mes épaules au fond du fauteuil en cuir molletonné. Au loin, j'entends les premiers véhicules des conseillers qui manœuvrent pour se garer sur le parking.

14

Pour parachever l'opération *Restore hope for Momo,* je viens de rédiger et d'adresser un communiqué de presse à l'attention des syndicats, des médias, avec copie à François Soltis. Naturellement, j'ai signé de mon nom, Thomas Dutertre et en ma qualité de directeur d'antenne de l'Agence nationale de l'emploi. En enfonçant ainsi le dernier clou à mon cercueil, j'ai mis à l'abri 343 chômeurs de tentatives d'intimidation et de représailles. Je ne doute pas un seul instant que mon sabordage en règle va provoquer des remous. Il le faut. Plus la déflagration sera importante, plus il sera difficile à l'Agence d'aller réclamer des allocations qui n'auraient jamais dû être suspendues.

Mon sort est maintenant scellé. Ne reste qu'à en connaître les modalités. Faute lourde, sanction disciplinaire, licenciement sec ? Cela m'est complètement égal. Je n'éprouve ni fierté, ni repentance. Juste le sentiment du travail bien fait.

L'éclosion du jour est à présent bien entamée. Le parking s'est doucement rempli de voitures, dont la Pontiac rouge de Laurence. Le portail métallique de l'entrée principale vient d'être relevé. Je perçois en bas quelques éclats de voix, dont certaines me sont connues.

Je rabats le clapet de mon ordinateur portable. Tranquillement, je descends l'escalier et je fends le hall sous l'œil médusé d'une poignée de conseillers postés derrière leurs guichets. Stupéfaits de revoir leur directeur mal rasé, dépenaillé se diriger vers la sortie comme s'il marchait sur l'eau, aucun d'eux n'ose m'adresser la parole.

Devant moi, la porte coulissante s'ouvre pour offrir mon visage apaisé aux premiers rayons du soleil. Depuis le bas des marches, Laurence me fixe comme un lapin pris dans les phares d'une voiture. Une légère brise agite mes cheveux. Je m'arrête, juste à l'aplomb du logo blanc et bleu de l'Agence nationale de l'emploi. Je ferme les yeux et inspire profondément. Un air sec et vivifiant coule le long de ma trachée. Il gonfle mon thorax, irrigue chacune de mes alvéoles pulmonaires. L'expiration est fine, déliée, tout en maîtrise et en retenue. Je prends mon temps pour apprécier le sensuel balancement de mon buste, pour palper la délicate fraîcheur sur mes lèvres, pour écouter l'harmonieuse pulsation de mon cœur et pour ressentir le va-et-vient de mon souffle qui ondoie comme les blés. À chaque cycle, j'appréhende de nouvelles sensations, comme si ma conscience progressivement s'élargissait pour embrasser tout mon être et bientôt le monde entier.

Et dans cette délicieuse incertitude de l'instant, un sentiment nouveau, une forme de joie douce et voluptueuse, m'étreint. Empli de gratitude, je songe alors à Siddhârta. Grâce à lui, j'ai rempli mon office ici-bas. Oh, pas grand-chose. Rien qu'un grain de sable pour enrayer l'enchaînement des causalités, un mouvement à peine perceptible pour infléchir la courbure des évènements, juste une légère oscillation dans l'ordonnancement du monde.

Ici et maintenant !

Dans le même thème aux Éditions Favre :